CW00434269

Der Stein der Schildkröte

Susan de Winter

Covergestaltung: Christiane Baurichter

Weitere Bücher der Autorin:
Drei Wünsche im Wind (2016)
Das Geheimnis der Traumzeit (2017)

1

Wussten Sie, dass Sie im australischen Outback mehr Sterne am Himmeln funkeln sehen als irgendwo sonst auf der Welt?

Mein Herz schlägt schneller, als ich das lese. Ich stelle meinen Rucksack kurz ab und bleibe stehen, um das riesige Plakat mit einem schwarzen Nachthimmel voll mit Tausenden funkelnder Sterne genauer zu betrachten. Unglaublich. Jetzt bin ich wirklich hier – am anderen Ende der Welt. Menschen hasten an mir vorbei, aber ich hab's nicht eilig. Niemand holt mich ab, niemand erwartet mich. Und ob ich nun eine halbe Stunde früher oder später im Hotel bin, ist völlig egal. Nach drei Stunden Zugfahrt nach Frankfurt, 21 Stunden Flug mit vier Stunden Unterbrechung in Singapur, bin ich endlich in Melbourne.

Der Flughafen gefällt mir. Anstatt direkt hinter der Zollkontrolle mit Werbung von Gucci oder Chanel erschlagen zu werden, leuchten einem hier die Sterne. Ich bin frisch geschieden. Was natürlich rein gar nichts mit Australien zu tun hat. Aber seien wir ehrlich: Geht die Liebe den Bach herunter, sieht man plötzlich nur noch Liebespärchen. Im Radio laufen beinahe ausschließlich Lovesongs, und die beste Freundin hat sich in einen neuen Typen verguckt und kann von nichts anderem mehr reden.

Und jetzt dieses riesige Plakat! Sternegucken zählt ja wohl eindeutig zur Kategorie Romantik. Doch bei mir keimt nicht der leiseste Hauch von Wehmut auf. Im Gegenteil. Ich spüre ein Kribbeln im Bauch, fühle mich schon fast wie

Indiana Jones und blicke mich um. Gegenüber von den Sternen hat sich ein Krokodil breit gemacht. Jetzt übertreiben sie aber, denke ich noch, nachdem ich die Unterschrift gelesen habe.

Das größte Krokodil der Welt lebt in Australien: 5,48 Meter.

Tatsächlich geht man etliche Schritte von der Schwanzspitze bis zum Kopf. Mit Koffer im Schlepptau und Rucksack auf dem Rücken kommt es einem irgendwie noch länger vor. Ich überlege, wie es wohl wäre, wenn das Vieh nächste Woche neben meinem Mietwagen auftauchen würde und zücke zum ersten Mal in Down Under meine Kamera. Natürlich fotografiere ich sonst keine Werbeplakate. Aber das hier ist eine Ausnahme. So wie die ganze Reise. Und falls es irgend so ein Krokodil, Skorpion oder vielleicht eine Schlange schafft, meine Rückreise in drei Wochen zu verhindern, finden die Hinterbliebenen später wenigstens ein paar nette Fotos von meinen letzten Tagen. Und die waren bestimmt nicht langweilig.

Ich werfe dem Flughafen-Krokodil noch einen langen Blick zu, bevor ich zum Ausgang gehe. Falls es in den vergangenen Stunden noch ein Fünkchen Unbehagen gegeben hatte, ob das mit Australien wirklich so eine Spitzenidee war, so hat sich dieses Gefühl endgültig verflüchtigt. Natürlich weiß ich zu diesem Zeitpunkt noch nicht, dass die kommenden drei Wochen mein ganzes Dasein verändern werden. Aber eines ahne ich bereits: Das hier wird das Abenteuer meines Lebens. Und es hat gerade angefangen.

2

Es ist zwar erst acht Uhr abends als ich in den Shuttlebus vom Flughafen in die City steige, aber schon stockdunkel. Wir haben April. Während in Deutschland endlich der langersehne Frühling da ist, verabschiedet sich in Australien der Sommer. Schön warm ist es zum Glück immer noch. Ob ich noch ein Bier trinken gehe? Aber als ich dann vor meinem Hotelbett stehe, hat sich die Sache mit der Kneipe erledigt. Endlich lang ausstrecken, Augen zu und einfach schlafen.

Der Blick aus dem Fenster am nächsten Morgen ist nicht gerade viel versprechend. Es nieselt. Jeden Tag in den vergangenen zwei Wochen hatte ich bei wetter.com nachgesehen und mich wegen der erfreulichen Prognosen von Sonnenschein mit der neuesten Sommermode eingedeckt. Und jetzt so was. Wie die Leute angezogen sind, die mit Regenschirmen über die Bürgersteige zehn Stockwerke tiefer hasten, scheint es nicht mehr besonders warm zu sein.

Schnell schlüpfe ich in Jeans, T-Shirt und Regenjacke und verlasse mein Hotel auf der Suche nach einem Frühstückslokal. Gleich an der ersten Fußgängerampel unterhalten sich zwei junge Mädchen, und das auch noch in Deutsch.

„Entschuldigung! Kennt ihr ein nettes Frühstücklokal in der Nähe, das ihr empfehlen könnt?“

„Eins?" Die beiden sehen mich belustigt an. „Hier findest du Cafés ohne Ende. Bieg einfach die nächste große Straße links ab und such dir eins aus!"

Tatsächlich, keine 300 Meter weiter reiht sich ein Café an das nächste. Die Australier scheinen total Kaffee-besessen zu sein, die meisten Lokale sind knallvoll. Ich entscheide mich für ein gemütliches Bistro, das auf einem Reklameschild seine Blaubeer-Pancakes anpreist. 15 Minuten später habe ich eine dampfende Tasse Milchcafé vor mir stehen und einen Pancake-Mutanten auf dem Teller. Ich vergesse alle Leute um mich herum, schließe die Augen und lasse mir die süße Versuchung auf der Zunge zergehen. Wenn hier alles so gut schmeckt wie dieses Frühstück, komme ich als Fall für die Weight Watchers nach Hause.

Neben mir ertönt ein leises Räuspern, und ich öffne die Augen.

„Den nehme ich nächstes Mal auch. Ich hab‘ noch nie jemanden gesehen, der so genießerisch einen Pancake verdrückt hat. Hatten Sie länger nichts zu essen?"

Der Typ am Nebentisch hatte hochkonzentriert seinen Laptop bearbeitet und Kaffee getrunken, als ich mich hingesetzt hatte. Nun ist seine Aufmerksamkeit auf mich gerichtet. Stahlblaue Augen, wie die von James Bond-Darsteller Daniel Craig, mustern mich unverblümt. Bond ist nicht mehr der Allerjüngste. Ein feines Netz von Falten durchzieht sein gebräuntes Gesicht, was ihn allerdings nicht unattraktiver macht. Ich spüre, wie mein Herz schneller schlägt.

„Das letzte richtige Essen hatte ich am anderen Ende der Welt. Flugzeug-Essen nicht mitgerechnet. Für Pancakes könnte ich sterben. Also genau das Richtige für mein erstes Frühstück in Australien. Ich hab‘ kein schlechtes Gewissen!“

Bond zieht die Augenbrauen ein wenig höher und grinst mich an.

„Wow! Na dann: herzlich willkommen in Australien! Ich bin David.”

„Nice to meet you, David. Ich bin Claudia aus Deutschland.“

Bond alias David klappt seinen Laptop zu und zeigt auf meine leere Tasse.

„Noch einen Milchkaffee?“

Bevor ich antworten kann, hat er der Kellnerin ein Zeichen gegeben und bestellt zwei Kaffee.

„Du kommst also aus Deutschland. Und reist durch Australien, so ganz alleine?“

„Naja, ich bin ja schon groß. Wobei ich zugeben muss, dass dies meine erste Fernreise ist, die ich ganz alleine mache. Aber ich bin zuversichtlich: wird schon gut gehen.“

Dass ich in Wirklichkeit noch nicht einmal alleine auf Mallorca war und wegen meines Solo-Trips durch Australien aufgeregt bis in die Haarspitzen bin, muss ich Bond ja nun wirklich nicht auf die Nase binden. Zumal er jetzt zu glauben scheint, eine höchst taffe Person neben sich zu haben. Er nickt zuversichtlich.

„Natürlich schaffst du das. Wir sind ja hier nicht bei den Wilden. Hast du dir denn schon eine Route zu Recht gelegt?“

„Klar gibt's eine Route!“, antworte ich enthusiastisch. „Ich fahre fast durch den ganzen Bundesstaat Victoria – ins Yarra Yalley, nach Phillip Island, auf die Great Ocean Road, das volle Programm!“

David lächelt anerkennend. „Klingt gut, Claudia. Ich wette, du willst am Ende gar nicht mehr nach Hause. Aber wie kommt's, dass dein Mann dich einfach so alleine fahren lässt? Eine so hübsche junge Frau. Er muss ein Vollidiot sein.“

Peng. Ich spüre, dass meine Kehle trocken wird. Was sage ich jetzt, ohne doof da zu stehen? Muss man hier einen Mann haben? Eigentlich eine Frechheit von ihm, so etwas zu fragen. Aber *hübsche* und *junge* Frau klingt andererseits auch wieder ganz gut. Hat lange keiner mehr gesagt.

Ich räuspere mich. Er wartet schweigend auf eine Antwort. Ich lächle kurz. Er wartet immer noch.

„Also, die Sache ist die, ich bin seit kurzem geschieden. Deswegen ist es meinem Ex sowieso egal, was ich mache und wohin ich reise. Und eigentlich wollte ich diese Reise zusammen mit meiner Tante Anne machen. Aber das ist alles eine ziemlich lange Geschichte…“

„Aber bestimmt eine ziemlich interessante“, antwortet Bond und schaut mir dabei so tief in die Augen, dass mir abwechselnd heiß und kalt wird. O Gott, wo soll das hier bloß hinführen? Ich habe das Gefühl, mich langsam aber sicher in ein verschrecktes, kleines Kaninchen zu verwandeln und sage vorsichtshalber erst mal nichts mehr. Bond, David, ich weiß nicht wie ich ihn nennen soll, scheint mein Gefühlschaos zu durchschauen. Auch das noch.

„Claudia, don't worry. Du schaffst das. Auch alleine. Viele Touristen unternehmen die gleiche Tour wie du. Außerdem sind wir Australier sowieso die Nettesten von allen. Glaub mir: Hierher zu kommen, war die beste Entscheidung deines Lebens!"

Als er im beschwörenden Ton ‚don't worry' zu mir sagt und mich dabei anlächelt, sind ohnehin sämtliche ‚worries' verschwunden. Der erste Australier, den ich kennenlerne, setzt vollstes Vertrauen in mich. Warum sollte ich dann keines in mich haben?

Ich habe das Gefühl, noch nie zuvor einen so faszinierenden Mann getroffen zu haben und könnte noch ewig weiter mit ihm reden, aber David schaut auf die Uhr und zuckt bedauernd mit den Schultern.

„Sorry, ich muss weg. Ich hab' gleich ein Meeting. Aber weißt du was? Wenn du magst, zeige ich dir heute Nachmittag die Stadt. Ich hole dich – sagen wir um halb zwei – ab. Wie heißt dein Hotel?"

Auf gar keinen Fall verrate ich einem Wildfremden, in welchem Hotel ich wohne.

„Das Best Western gleich in der Nähe von Flinders Station."

„Kenne ich. Also dann bis später, Claudia!"

Und schon ist er verschwunden.

Oh Mann, kaum bin ich in Australien, schon habe ich eine Verabredung. Und dann auch noch mit dem Coolsten aller Coolen. Ich nehme den letzten Schluck von meinem Kaffee und will zahlen.

„Schon erledigt“, sagt die Kellnerin. „Die Rechnung hat der Herr neben Ihnen übernommen.“

Na, da hatte ich es wohl mit einem echten Gentleman zu tun. Und jetzt? Verfolge ich weiter meinen Plan. Für meinen ersten Tag in Melbourne habe ich mir nämlich eine besondere Mutprobe vorgenommen. Zum Einstieg in meinen ersten Solo-Abenteuerurlaub als „Frau in den mittleren Jahren“.

Das klingt einfach schrecklich, finde ich. Jedes Mal wenn ich einen solchen Satz in einem Buch lese, denke ich ‚Aha, also eine Alte‘. Steht dort dann ein wenig später „Die 43-Jährige ...“ ist meine Laune verhagelt, da die Betreffende auch noch jünger ist als ich. Dabei fühle ich mich doch keineswegs auch nur annähernd wie „im mittleren Alter“. Obwohl ich natürlich auch nicht genau weiß, wie man sich da fühlen sollte. Na gut, ich wiege fünf Kilo mehr als mit 20, benutze mittlerweile eine Anti-Aging-Creme und lasse mir beim Friseur blonde Strähnchen machen, bevor die grauen Haare Überhand nehmen. Aber im Herzen? Da bin ich immer noch 20 – höchstens!

Vor dem Café sehe ich mir den Stadtplan von Melbourne noch einmal kurz an und mache mich dann auf den Weg zum Eureka Tower. Der 300 Meter hohe Wolkenkratzer bietet die höchste Aussichtsplattform auf der Südhalbkugel. Die Spitze des Hochhauses kann sich bei starkem Wind bis zu 600 Millimeter biegen. Übermäßiges Schwanken wird jedoch von zwei 300.000-Liter-Wassertanks verhindert, die sich im 90. und 91. Stockwerk befinden. Und auch die Aufzüge gelten als die Schnellsten auf der Südhalbkugel – neun Meter pro Sekunde geht es ab in den Himmel. Warum ich mir die Touristen-Informationen nochmal ausführlich durch den Kopf gehen lasse? – Ich hab‘ Höhenangst.

Freiwillig steige ich auf keinen Aussichtsturm und halte mich stets von jedem Balkon fern, der sich höher als im dritten Stock befindet. Sobald ich in die Tiefe schaue, fängt mein Herz an zu rasen und ich habe das Gefühl, ich müsste runterspringen, was ich gleichzeitig natürlich auf gar keinen Fall will. Aber man wächst mit den Herausforderungen, heißt es ja immer. Und da für mich nach der Trennung von Rainer nun auf jeden Fall ein neuer Lebensabschnitt beginnt, werde ich mich hier auch meiner Höhenangst stellen. Wenn ich das schaffe, kann eigentlich gar nichts mehr schiefgehen, denke ich, während ich zusammen mit vielen anderen Touristen im Aufzug stehe und innerhalb von 40 Sekunden auf einen der höchsten Wolkenkratzer der Welt rausche.

Zum Glück merkt man oben nichts davon, ob es wackelt oder nicht. Oder jedenfalls wackelt es heute nicht. Inzwischen scheint sogar die Sonne durch die Wolken.

Im Reiseführer steht, dass sich in Melbourne alle vier Jahreszeiten an einem Tag erleben lassen. Scheint etwas dran zu sein. Mit sicherem Abstand zu den Glasfronten umrunde ich die Aussichtsplattform und schaue mir Melbourne von oben an: viele Wolkenkratzer, den Grand Prix-Kurs, den Tenniscourt der Australien Open, den Footballcourt. Bis hin zur Küste, wo die Fähre nach Tasmanien ablegt, reicht der Blick.

Dreimal lege ich den Rundgang zurück, trinke eine Cola und fühle mich inzwischen immer sicherer. Trotzdem würde ich am liebsten noch etwas Zeit schinden. Ein zweites Ticket, das ich gelöst habe, brennt in meiner Jackentasche. Soll ich oder soll ich nicht? Selbst kleine Kinder waren in den „Würfel“ gegangen und strahlend wieder herausgekommen. Teilweise hatte sich eine richtige Schlange vor der Hauptattraktion des Towers gebildet. Während ich noch unschlüssig auf die geschlossene Tür des Würfels starre, spricht mich ein Mitarbeiter an. Er ist noch ziemlich jung, hat knallrote Haare und Sommersprossen.

„Möchten Sie rein? Kommen Sie! Gerade ist es nicht so voll. Sie können schon einmal Ihre Schuhe ausziehen.“

Und damit schiebt er mich in einen kleinen Vorraum, wo sich gerade ein paar Leute ihre Schuhe wieder anziehen, während ich meine ausziehe und mir blaue Plastiktüten über die Socken streife. Ehe ich mich versehe, habe ich „The Edge“, den gläsernen Würfel, betreten. Ein älteres Ehepaar ist noch mit dabei, überlegt es sich aber blitzschnell anders, so dass ich plötzlich ganz allein im Würfel stehe. Die Tür schließt sich. Jetzt ist alles zu spät. Mit einem beunruhigenden Knarzen fährt der kleine Raum nach außen. Drei Meter weit werde ich aus dem Gebäude hinaus ins Nichts geschoben. Plötzlich ein Laut von zerborstenem Glas. Und von einer Sekunde auf die andere, werden die milchigen Glasscheiben durchsichtig. Alle! Auch die unter meinen Füßen. Alter Schwede! Warum bin ich bloß hier?

Ich halte mich krampfhaft an einer Stange am Rande des Würfels fest und starre nach unten. Klein wie Matchboxautos fahren die Autos unter mir durch Melbournes Straßenschluchten. Der Wind heult, aber ansonsten ist es still. Mit zitternden Händen nestle ich meine Kamera aus der Tasche und fotografiere meine Füße auf der 300 Meter hohen Glasplatte. So, das Beweisfoto habe ich. Langsam beginne ich mich etwas zu entspannen. Geht doch, ich hab‘ das jetzt gemacht, lebe immer noch und heule auch nicht. Okay, ein kleiner Schweißausbruch war nicht zu verhindern, aber ansonsten geht es mir ganz gut.

„Don't worry, Claudia!“, höre ich David noch einmal sagen und muss lächeln. Warum sollte ich mir Sorgen machen? I am on top of the world!

3

Wieder im Hotel inspiziere ich erstmal den Kleiderschrank. Noch eine Stunde bis David kommt. Was soll ich anziehen? – Ein Glück, dass ich vor meiner Abreise noch shoppen war. Jetzt habe ich wenigstens Sachen dabei, die up to date sind. Und da ich durch den ganzen Scheidungsstress eher ab als zugenommen habe, wiege ich ein paar Kilo weniger als noch vor einem Jahr. Sogar das Winkefleisch an den Armen ist weniger geworden. Hat natürlich nichts mit dem Abnehmen zu tun, dafür aber mit meiner neuen Lieblingsbeschäftigung: Yoga.

In den ersten Kurs hatte mich eine Freundin geschleift, und meine Begeisterung äußerte sich eher verhalten. Erst recht, nachdem wir dort – auf der Matte sitzend, das Licht gedimmt – erst jeder über sich und seine Befindlichkeiten sprechen mussten. Ich meine, was interessiert es mich, dass die fremde Frau neben mir einen super-stressigen Tag hatte, weil sie zum Friseur *und* ins Nagelstudio musste, während ihre Mutter ihr zum Glück die Kinder abgenommen und das Haus geputzt hatte. Während die Frau zwei Matten hinter mir in epischer Breite von ihrem Rückenleiden erzählte, bin ich fast weggedämmert. Als ich dran war, hab ich zum allgemeinen Erstaunen erklärt, dass es mir absolut prima geht und ich jetzt gerne Yoga machen würde. Die Lehrerin guckte verwirrt, meine Freundin unterdrückte ein Kichern, und wir fingen endlich an.

Etliche Sonnengrüße später konnte ich mir Yoga aus meinem Leben gar nicht mehr wegdenken. Ich hatte den

Kurs gewechselt und war fast süchtig danach, den Hund, die Kobra und den Schulterstand zu machen. Mein Rückenschmerz war wie weggeblasen, mein Körper so biegsam wie schon seit Jahren nicht mehr. Ganz nebenbei hatte sich auch meine Haltung verändert – die innere ebenso wie die äußere. Plötzlich schlurfte ich nicht mehr einfach irgendwie mit hängenden Schultern und gesenktem Blick durchs Leben, sondern ging aufrecht mit federnden Schritten und erhobenem Kopf. Ich fühlte mich freier, lebendiger und voller Energie. Wer weiß, ob ich ohne Yoga überhaupt auf die Idee gekommen wäre, den „Würfel" zu betreten?

Nachdem ich fast jedes Teil, das ich mitgebracht hatte, vor dem Spiegel anprobiert habe, trage ich am Ende doch wieder die Sachen, die ich schon heute Morgen anhatte. Schließlich soll David auf keinen Fall denken, dass ich mich extra für ihn in Schale geworfen habe. Na gut, die Haare werde ich noch ein wenig stylen und bisschen Make-up, Wimperntusche und Lippenstift kann ja auch nicht schaden. Zehn Minuten vor der verabredeten Zeit sitze ich in der Lobby und warte. Er kommt nicht. Ich tue so, als ob ich interessiert Zeitung lesen würde, dabei bin ich so aufgeregt, dass es mich natürlich nicht die Bohne interessiert, was die Stadtväter von Melbourne jüngst alles so beschlossen haben.

Es ist viertel vor zwei. Bin ich blöd! Sitze hier wie ein Teenie vor dem ersten Rendezvous und verplempere meine kostbare Urlaubszeit in Australien. Na gut, bis zwei Uhr warte ich noch, aber dann bin ich weg.

Plötzlich steht er da, ein wenig außer Atem.

„Sorry! Bin im Verkehr steckengeblieben. Und dann habe ich so schnell keinen Parkplatz gefunden.“

„Och, macht gar nichts, bin gerade erst runtergekommen.“

Er nimmt meine Hände und strahlt mich an.

„Was hast du gemacht? Du siehst gut aus. Sehr gut sogar. Deine Augen glänzen!“

Ich spüre, wie ich rot anlaufe. Kann es sein, dass die australischen Männer viel direkter sind als die deutschen? Oder habe ich einfach verdammt lange kein Kompliment mehr bekommen?

„Tja, mhm, was machen wir denn nun eigentlich?“, frage ich.

Sehr intelligent… Er hatte doch schon gesagt, dass er mir die Stadt zeigen will. Warum fällt mir bloß nichts Schlaueres ein?

„Also das Auto lass ich jetzt stehen, wir gehen lieber zu Fuß in die Stadt. Einverstanden?“

Ich nicke nur. Und so gehen wir los, erst mal Richtung Flinders Street Station. Und dann weiter in wunderschöne, historische Arkaden mit Designershops und schwindelerregenden Preisen. Besonders gefallen mir die Laneways. Das sind die ehemals dunklen Gassen in der City, in denen früher höchstens Lieferfahrzeuge parkten oder Handwerker ihre Werkstätten hatten. Heute haben originelle Läden und Lokale hier geöffnet.

„Oft verändern die kleinen Gassen der Laneways von heute auf morgen ihr Gesicht“, erzählt David und zieht mich in einen der Shops, in dem junge Designer ihre Entwürfe für kleines Geld anbieten. Sie haben dort einfach eine

Kleiderstange gemietet, an der ihre Sachen angeboten werden. Sind sie später erfolgreich und haben genug Geld zusammen, machen sie ein eigenes Geschäft auf. Es gib Kunstgalerien und Bonbonläden, Vintage und Haute Couture. Und auf fast allen Produkten steht `made in Australia`. Wenn ich da an die ewig gleichen Modeketten in Deutschland denke, hätte man eigentlich besser mit einem leeren Koffer und Kreditkarte nach Australien fliegen sollen. Bevor ich weiter darüber nachdenken kann, schleppt David mich in noch dunklere und engere Gassen, in denen Straßenkünstler Graffitis an die Hauswände gemalt haben. Ohne ihn hätte ich mich hier nie her getraut.

Schließlich stehen wir wieder vor dem historischen Bahnhofsgebäude in der Flinders Street. Langsam wird es dunkel.

„Zeit für einen Drinkie“, findet David.

„Unbedingt“, stimme ich zu und folge ihm in mit dunklem Holz vertäfelte Kneipe, in der es zig verschiedene Biersorten gibt.

„Probier ein Victoria Bitter“, schlägt David vor und bestellt sich selbst ein Cola-Rum. Ich habe tierischen Durst und haue mir das Glas Bier weg, als sei es Apfelsaft. Wieso das wohl so heißt? Schmeckt doch gar nicht bitter, wundere ich mich noch, da hat David schon die nächste Runde bestellt. Auf gar keinen Fall werde ich mich hier besoffen machen lassen. Eins trinke ich noch, aber dann ist Schluss.

Das nächste Victoria Bitter haut rein wie ein doppelter Whisky auf ex. Außerdem bin ich auf einmal todmüde, muss wohl der Jetlag sein. Wenn ich nicht sofort etwas zu essen bekomme, falle ich um.

David hat es wohl auch schon bemerkt und guckt etwas besorgt.

„Sollen wir was essen gehen?“

Ich nicke erleichtert und so schleppt er mich weiter ins `Young & Jackson` an der Ecke Flinders und Swanston Street. Wie ich später erfahre, Victorias ältester und bekanntester Pub.

„Bevor wir essen, muss ich dir erst noch etwas zeigen“, erklärt David und schubst mich sanft in einen Aufzug, der uns in den ersten Stock befördert. „Hier hängt das berühmteste Gemälde von ganz Melbourne, ach was, von ganz Australien“, sagt er, dreht mich um, und ich erblicke ein großes Ölgemälde mit einem splitternackten Mädchen.

„Darf ich vorstellen? Chloe. Eigentlich hieß sie Marie und wurde 1875 im Alter von 19 Jahren von einem Pariser Künstler gemalt. Etwa zwei Jahre später hat sie sich aus Liebeskummer einen Giftcocktail gemixt und Selbstmord begangen. Sie ist wirklich das berühmteste Mädchen Australiens. Früher war sie für viele Soldaten, die in den Krieg zogen und noch einmal auf ein Bier hier herein schauten, die einzige nackte Frau, die sie je sahen. Viele Mädels sollen ganz schön eifersüchtig auf sie gewesen sein…“

David scheint sich an dem Bild gar nicht satt sehen zu können. Das stört mich jetzt schon ein wenig.

„So viel Unschuld, Tragik und Schönheit“, schüttelt er den Kopf und sieht mich nun wieder an. „Sie ist nicht so hübsch wie du, aber nett, oder?“

Ich erröte wie ein Schulmädchen und weiß nicht, was ich antworten soll. An Komplimente bin ich irgendwie so gar nicht gewöhnt. Inzwischen fällt es mir auch immer schwerer, mich auf die englische Sprache zu konzentrieren, und ich brauche immer länger, um die richtigen Vokabeln zu finden. Wir gehen in Chloe's Restaurant, bestellen beide einen Salat mit Hähnchenbrust, ich eine Cola dazu, und langsam geht es mir wieder besser.

Inzwischen hat David mir erzählt, dass er eine eigene Baufirma besitzt, viel auf Reisen und seit etlichen Jahren geschieden ist. Netterweise hat er die Unterhaltung mehr oder weniger alleine bestritten, bis ich wieder in der Lage bin, mich verständlich zu äußern.

„Warum hast du nicht wieder geheiratet?“, frage ich ihn.

„Weil es meist nicht gut geht. Das habe ich bei vielen meiner Kumpels gesehen. Und außerdem bin ich gerne Single. Keiner der mir sagt ‚David, ich möchte aber nicht, dass du heute ausgehst. Oder dass du dies oder das machst‘.“

Er schnaubt verächtlich. „Nee, das muss ich nicht haben. Ich bin gerne Single. Ich kann tun und lassen was ich will und muss niemanden Rechenschaft ablegen. Und was ist mit dir, Claudia? Wie gefällt dir dein neues Single-Leben?“

„Ehrlich gesagt: ich weiß es noch nicht so richtig. Ich bin froh, dass der Ärger ein Ende hat. Ich fühle mich frei, leicht. Ich kann selbst über mich entscheiden. Das ist ein schönes

Gefühl. Aber manchmal ist es auch ätzend, alleine zu sein. Tja, ich werde mich wohl daran gewöhnen müssen."

„Hast du Kinder?"

Ich schüttele den Kopf. „Hat nicht geklappt. Und du?"

„Drei Söhne. Und mittlerweile auch schon zwei Enkelkinder."

Ach du meine Güte. Ich hatte mir ja gleich gedacht, dass er schon älter ist, aber dass ich nun ein Rendezvous mit einem Großvater habe, macht mir doch zu schaffen. Dabei hatte ich die ganze Zeit über nicht einen Gedanken an Davids Alter verschwendet. Es war einfach bedeutungslos. Wir verstanden uns blendend. Und er strahlte eine Energie aus, wie ich sie bei kaum einem anderen Mann je erlebt hatte.

„Sollen wir gehen? Hier in der Nähe hat eine neue Bar eröffnet, die würde ich mir gerne mal ansehen. Auf einen Absacker?"

Okay, ein Absacker ist gerade noch drin, aber danach würde ich schnellsten ins Hotel verschwinden. Die nächste Bar ist das genaue Gegenteil vom ‚Joung & Jackson': ein Gebilde aus Chrom, Stahl und Glas. Es ist so voll, dass wir gerade noch einen winzigen Stehtisch ergattern, und die Musik ist so laut, dass man sich kaum unterhalten kann. Ich gehe kurz auf die Toilette, und als ich zurückkomme, steht eine Flasche Champagner auf dem Tisch. Oh nein, eigentlich wollte ich nur eine Cola trinken, aber aus der Nummer komme ich jetzt wohl nicht wieder raus. Die Flasche hat bestimmt ein Vermögen gekostet.

„Auf deinen ersten Abend in Down Under!“, hebt David sein Glas und prostet mir zu.

„Cheers, David, und vielen Dank für die Einladung.“

Zwei Gläser später ist mir die Kontrolle über mein weiteres Schicksal bereits entglitten. Ich hoffe bloß, dass er mich zurück ins Hotel bringt, denn das würde ich alleine keinesfalls wiederfinden. Auf was habe ich mich hier bloß eingelassen? – Aber als ich mir diese Frage stelle, ist es bereits zu spät.

4

Grässliche Kopfschmerzen wecken mich am nächsten Morgen. Sobald ich den Kopf ein wenig hebe, wird mir schwindelig. Dieses Gefühl nach einer durchzechten Nacht hatte ich das letzte Mal vor gefühlten hundert Jahren. Wie konnte das nur passieren?

Und dann fällt es mir wie Schuppen vor die Augen. David, Jetlag, Alkohol – und plötzlich waren wir in meinem Hotelzimmer und in meinem Bett gelandet. Ich habe keine Ahnung, wie wir hierhergekommen sind, aber ich weiß definitiv, dass wir miteinander geschlafen haben. Daran ob es gut oder schlecht war, kann ich mich leider nicht erinnern.

Oder habe ich das doch alles bloß geträumt? - Das wäre echt am allerbesten. Immerhin befinde ich mich jetzt eindeutig alleine hier im Zimmer. Stöhnend drehe ich mich im Bett um und höre auf dem Kopfkissen etwas rascheln.

Ein Zettel mit einer fremden Handschrift `drauf.

„Frühstück um neun? Ich warte in der Lobby. David"

Also doch kein Traum. Mir ist sooo schlecht. Wie spät ist es überhaupt? – O Gott, halb neun. Ich wanke unter die Dusche und lasse das heiße Wasser mindestens zehn Minuten über meinen Körper rinnen.

Nach der Dusche und dem Zähneputzen geht es mir etwas besser, aber das Erinnerungsvermögen kehrt nicht zurück. David wartet schon an der Rezeption und begrüßt mich mit einem Küsschen auf die Wange.

„Gut geschlafen? Etwas blass siehst du aus. Naja, ein gutes Frühstück weckt die Lebensgeister!"

Wie kann er so verdammt frisch aussehen?

„Können wir zu Fuß irgendwo zum Frühstück hingehen? Mir ist irgendwie nicht so gut, ich brauche unbedingt frische Luft“, sage ich und steuere bereits dem Ausgang entgegen. Draußen regnet es in Strömen.

„Nicht gerade ideales Wetter zum Spaziergehen. Komm, ich hab den Wagen direkt vor dem Hotel geparkt. Ich kenne ein Frühstückslokal gleich um die Ecke. Da fahren wir jetzt hin.“

Vor dem Eingang steht ein großer, weißer Pick-up. Wir steigen ein, und ich weiß nicht, was ich sagen soll. David benimmt sich, als wäre nichts passiert. Als wären wir alte Kumpels, die sich zum tausendsten Mal zum Frühstück treffen.

„Du hast also nicht dieses nervige Karussell im Kopf?“, frage ich.

David schüttelt grinsend den Kopf.

„Im Handschuhfach liegt Aspirin. Am besten du nimmst davon gleich etwas, dann wird's bestimmt besser.“

Während David kurze Zeit später mit bestem Appetit ein riesiges Omelette verspeist, kann ich in meinem nur herum picken. Mir ist so abartig schlecht, dass ich mich zusammenreißen muss, um mich nicht mitten in dem schicken Frühstückscafé zu übergeben. Als wir den Laden verlassen, ist der Starkregen in Nieseln übergegangen.

Wir fahren zum Albert Park, wo jedes Jahr im März das große Formel 1-Rennen rund um einen künstlichen See stattfindet. Heute sind nur ein paar dicke Enten unterwegs, die die Wege vollscheißen. Ich habe mich bei David untergehakt und konzentriere mich darauf, weder in eine Pfütze, noch in Entenkacke zu treten. Eine ganze Zeit lang sagt keiner von uns ein Wort. Bis ich es nicht mehr aushalte.

„Sag mal David, äh, ist eigentlich alles in Ordnung zwischen uns beiden?“

Er sieht mich überrascht an. „Ja klar, warum denn nicht? Alles in bester Ordnung!“

„Ich hab‘ nichts falsch gemacht gestern?“

„Naja, viel vertragen kannst du ja nicht gerade. Im letzten Lokal hast du nur immer wieder gesagt ‚David, bring mich nach Hause. Bring mich bloß nach Hause!‘“

Er lacht. Gott wie peinlich. Es kann nicht sein, das ich *das* gesagt habe. Aber mich interessiert natürlich noch etwas anderes.

„Und dann im Hotel, da haben wir doch miteinander geschlafen, oder?“

„Daran erinnerst du dich also doch? Na dann ist ja gut.“

Damit ist für ihn der Fall erledigt. Und ich habe im Moment keine Energie mehr, länger im Thema herum zu stochern. Vielleicht muss man auch nicht alles ausdiskutieren.

Nach dem Spaziergang fühle ich mich tatsächlich wieder halbwegs wie ein Mensch. David sagt, dass er sich den Tag für mich frei genommen hat. Wir machen eine Rundfahrt durch die Stadtviertel von Melbourne. Viktorianische Bauten aus der Zeit des Goldrausches, ich glaube, das war Mitte des 18. Jahrhunderts, zeugen von vergangener Pracht. Nur zwei Straßenzüge weiter überrascht Architektur wie aus dem Science Fiction-Film. Stolz zeigt David mir die bekannten

Sporttempel seiner Stadt: den Centre Court der Australien Open, den Melbourne Cricket Ground, in den 110.000 Menschen passen, den ultramoderne "Telstra Dome" mit Schiebedach und die Pferderennbahn des Melbourne Cups.

Ich hatte zu Hause schon gehört, dass die Leute aus Melbourne total sportbesessen sind. Offenbar trifft das auch auf David zu, der vor allem beim Thema Football glänzende Augen bekommt.

Inzwischen werde ich wieder gesprächiger, ein eindeutiges Zeichen, dass es mir besser geht. Und der Appetit kommt auch zurück. Wir lassen uns unterwegs ein dickes Sahneeis schmecken, und als wir weiterfahren wollen, drückt David mir die Autoschlüssel in die Hand.

„Jetzt fährst du. Eine kleine Fahrstunde kann schließlich nicht schaden, bevor du morgen deinen Mietwagen bekommst."

Stimmt. Vor dem Linksfahren graust es mir schon ein bisschen. Und ich finde es total nett von David, dass er mich sein großes Auto fahren lässt.

Nun ja, Autofahren kann ich, da kann man nun sagen was man will. Und natürlich habe ich die ganze Zeit schon aufgepasst wie ein Luchs, als David gefahren ist. Ich werde mich jetzt also einfach darauf konzentrieren links zu bleiben. Zum Glück befinden wir uns auch nicht mehr in der City von Melbourne, sondern irgendwo am Rande. Ich habe leider den Überblick verloren, dafür aber schließlich einen Eingeborenen an meiner Seite.

David summt vor sich hin, dreht am Radio, meckert nicht an meinem Fahrstil herum, sondern lässt mich einfach machen. Ab und zu sagt er ‚Nächste links' oder `am Kreisel die Erste wieder raus`.

„Hast du gar keine Angst? Ich meine um dein Auto oder um dein Leben?"

„Warum? Du fährst doch klasse. Aber das habe ich mir gleich gedacht." Und dann fügt er noch hinzu „Du bist eine gute Autofahrerin."

So. Das wäre mal geklärt. Ich meine, ich hatte tatsächlich noch nie einen Unfall, und ich fahre eigentlich ganz gerne Auto. Während meiner Ehe allerdings ist meistens Rainer gefahren. Und wenn ich dann doch mal ans Steuer durfte, fand er immer etwas auszusetzen. Mal war ich zu schnell („Merkst du's noch, hier wird doch ständig geblitzt!"), mal zu langsam (Wenn das so weiter geht, kommen wir nie an!"), mal habe ich zu fix hochgeschaltet, dann wieder nicht schnell genug. Irgendwann hatte ich schon gar keine Lust mehr zu fahren, wenn er neben mir saß. Und durch sein ganzes Gelaber war ich dann tatsächlich auch noch unsicher geworden.

Aber heute nicht. Linksfahren ist toll. Das Leben ist schön. Inzwischen scheint sogar die Sonne, und ich fühle mich – ja wie eigentlich? Frei!

Fünf Minuten später soll ich langsamer fahren. Wir sind in einem Wohngebiet angekommen, überall nette Villen mit Garten und Pool hinter hohen Zäunen.

„Das da vorne ist mein Haus", zeigt David auf ein Gebäude, mit dem der Architekt wahrscheinlich den Future-Preis des Jahres gewonnen hat. Es sieht aus wie eine Mischung aus Raumschiff und ägyptischen Tempel in schiefergrau. Ich soll gleich in die Garage fahren, die sich bereits auf Knopfdruck öffnet. Das Problem ist, zur eher schmalen Garageneinfahrt geht es ziemlich steil bergab, der Pick-up ist riesig und direkt vor uns in der Garage steht ein knallroter Ferrari.

Ich fahre nur noch in Zeitlupe. Bloß nirgendwo `drankommen, vor allem nicht an den Sportwagen, der wahrscheinlich ein Vermögen wert ist. Am liebsten würde ich den Wagen jetzt ausmachen und die Handbremse anziehen, aber David dirigiert mich weiter und weiter. Innerlich höre ich es bereits rumsen, der Schweiß läuft mir den Rücken herunter.

„Stop!"

Gottseidank. Erleichtert drehe ich den Schlüssel um und steige mit wackligen Knien aus. Auf das Haus bin ich nun wirklich gespannt. Man sagt ja, zeige mir dein Haus und ich sage dir, wer du bist.

Pfeifend geht David vor und schließt eine Verbindungstür von der Garage zum Haus auf. Wir gehen einen schmalen Gang aus dem ägyptischen Tempel direkt ins Grabmal des Pharao. Der ganz in anthrazit und weiß gehaltene Gang weitet sich zu einem großen Raum, offenbar das Esszimmer. Dahinter gehen gerade die Rollläden hoch und geben den Blick auf einen von kleinen Palmen umstandenen Swimmingpool frei.

„Kaffee?", David macht sich bereits in seiner ultramodernen Küche zu schaffen und wartet meine Antwort gar nicht ab.

So muss sich ein Bond-Girl fühlen. Was für eine Bude! Dass David nicht zu den Ärmsten der Armen gehörte, hatte ich mir schon gedacht, aber mit diesem Haus, dem Swimmingpool und dem Ferrari hatte ich nun doch nicht gerechnet. Wir setzen uns auf ein schneeweißes Ledersofa, und David stellt Kaffetassen und einen Teller mit Keksen auf einen niedrigen Glastisch. Instinktiv greife ich zu den Keksen, sehe die Krümel auf den piek sauberen, grauen Fußboden rieseln und fühle mich irgendwie fehl am Platze. Das hier ist mir alles eine Nummer zu groß.

„Hast du eine Putzfrau?“

„Ja, habe ich. Du kannst ruhig weiter krümeln. Hauptsache es schmeckt dir.“

Aber so richtig entspannen kann ich mich hier nicht. Das Haus ist penibel aufgeräumt und klinisch rein. Durchgestylt und hypermodern. Keine Zeitschriften, die einfach irgendwie herumliegen. Oder Wäsche, die nicht weggeräumt ist. Eine Junggesellenwohnung hatte ich mir irgendwie anders vorgestellt. Die einzigen persönlichen Gegenstände sind einige gerahmte Fotos an der Wand, die David zusammen mit seinen Söhnen zeigen. Und außerdem zwei niedliche kleine Mädchen, bestimmt die Enkelkinder.

Ich sitze stocksteif auf dem Sofa und nippe ab und zu an meinem Kaffee, bis David mir die Tasse aus der Hand nimmt und mich in die Polster drückt.

„Was ist los? Kannst du dich nicht entspannen? Es ist alles in Ordnung, Claudia. Don’t worry. Wenn du lieber wieder fahren willst, dann fahren wir. Möchtest du?“

Ich schüttele den Kopf. Wegfahren möchte ich doch gar nicht. Aber irgendwie weiß ich gar nicht, was ich will.

Zum Glück ist David ein Mann der Tat. Nachdem geklärt ist, dass ich noch nicht aufbrechen möchte, nimmt er mich in die Arme und küsst mich. So als hätte er seit Stunden darauf gewartet und sich nur mühsam zurück gehalten. Ich komme mir vor wie beim ersten Mal. Mein Herz klopft zum Zerspringen, als er mich an die Hand nimmt und in sein Schlafzimmer führt. Großes Kingsizebett mit Tagesdecke und organisierten kleinen Kissen – wie im Nobelhotel. Das ganze überflüssige Zeug landet innerhalb von Sekunden auf dem Fußboden. Genau wie unsere Klamotten. Diesmal kann ich mich nicht damit herausreden, dass mein Hirn alkoholvernebelt ist. Trotzdem kommt mir das Ganze vor wie im Film – mit mir als Hauptdarstellerin. Nicht mal als ich noch blutjung war, habe ich mich auf irgendwelche one-night-stands eingelassen. Und in meiner Ehe war ich selbstverständlich treu bis auf die Knochen. Aber nun gibt es kein Zurück. David sieht mich an, und ich erkenne in seinem Blick, dass es in diesem Moment nur eins gibt, dass er will: mich.

5

Ich wache in meinem Hotelbett auf – allein – und bin bester Laune. Ist das wirklich erst ein paar Wochen her, als ich niedergeschlagen aus dem Gerichtsgebäude kam, die Scheidungspapiere unterm Arm, und mit dem unbestimmten Gefühl irgendwie versagt zu haben? Allein zu sein?

Natürlich bin ich jetzt auch allein, aber irgendwie doch nicht. Ich muss an David denken. Habe ich mich in ihn verliebt?

Ich war ewig nicht mehr verliebt, weiß gar nicht mehr wie das ist. Auf jeden Fall habe ich so ein Flattern im Bauch, wenn ich an ihn denke. Ich vermisse ihn, jetzt, wo er nicht da ist. Und ich freue mich tierisch darauf, ihn wieder zu sehen. Und das werde ich, das hat er mir fest versprochen. Heute muss er arbeiten, schließlich hat er eine Firma zu leiten. Aber in ein paar Tagen will er sich mit mir treffen und mich auf meiner Rundreise begleiten. Yippie!

Heute esse ich nur ein schnelles Frühstück unten in der Hotelbar, checke aus und fahre mit dem Taxi zur Mietwagenfirma. Mein Wagen ist bereits bestellt und muss nur abgeholt werden.

„Ein Navi ist ja wohl drin?“, frage ich die Dame am Counter. Sie verneint erstmal, überreicht mir nach einigem Hin und Her aber schließlich ein transportables Gerät, zeigt mir, wie alles funktioniert und gibt schließlich auch noch meine erste Zieladresse ein – die von Elisabeth, Tante Annes Freundin. Ich schleppe meinen Koffer, den Rucksack und die Autopapiere in einen Fahrstuhl und finde mich in einer riesigen Tiefgarage mit Hunderten von Autos wieder. Welcher ist meiner? „Sie haben einen blauen Lancer, einen Automatik“, hatte die Mietwagen-Frau gesagt.

Einmal auf den Schlüssel getippt und schon blinkt mein vierrädriger Partner für die nächsten Wochen unübersehbar auf. Nachdem ich alle Sachen verstaut und das Navi installiert habe, geht's los. Brav sagt die Navi-Frau sogar in Deutsch, dass ich mich bitte links halten soll und schon befinde ich mich auf einer mehrspurigen Straße mitten im Stadtzentrum von Melbourne.

Die zweitgrößte Stadt Australiens hat rund vier Millionen Einwohner. Ich komme aus einer niedersächsischen Kleinstadt mit 20.000 Einwohnern. Noch Fragen?

„Sie ist nervenstark. Sie packt das schon!“, hatte mein Bruder noch versucht, meine besorgte Mutter zu beruhigen. Jetzt kann ich gute Nerven wirklich gebrauchen. `Links bleiben, immer schön links bleiben‘ singe ich mir wie ein kleines Mantra leise vor und hefte mich hinter den Wagen vor mir.

„In 350 Metern links abbiegen“, ertönt die Computerstimme.

Aber in welche links??? In etwa 300 Metern gehen ungefähr drei unterschiedliche Straßen links rein. Welche meint die bloß? Ich muss mich schnell entscheiden und nehme die mittlere, weil die am größten ist und das Auto vor mir auch da rein fährt.

Scheint richtig gewesen zu sein, denn die Frau hält jetzt die Klappe. Ich fahre weiter geradeaus und will mich eben entspannen, da geht eine Sirene im Auto los. Hallo? Ich habe nichts verkehrt gemacht. Das kann doch wohl gar nicht wahr sein, ich habe das Auto eben erst bekommen. Hektisch gucke ich mir alle Anzeigentafeln an, ob irgendwo eine Nadel auf einen roten Bereich zeigt. Aber eigentlich sieht alles normal aus. Das Sirenengeräusch ist nervtötend. Ich halte das nicht länger aus und fahre rechts ran. Mein Rucksack, der auf dem Beifahrersitz liegt, gerät ins Schwanken, und ich stelle ihn in den Fußbereich. Sofort hört die Sirene auf. Oh nein, war das jetzt wirklich nur, weil der Rucksack nicht angeschnallt war? Na prima, mein T-Shirt ist jedenfalls das erste Mal durchgeschwitzt, und ich fahre weiter.

Merkwürdig nur, dass die Navi-Frau gar nicht mehr mit mir spricht. Irgendwann ahne ich, dass ich mich wohl nicht mehr auf der richtigen Fährte befinde. Ich gebe das Ziel neu ein und muss umdrehen. Zehn Minuten später heißt es ‚Jetzt rechts abbiegen'. Rechts gehen drei Straßen ab. Ich entscheide mich wieder für die größte. Offenbar wieder falsch, denn die nervige Navi-Tante verweigert erneut die Zusammenarbeit. Was haben die überhaupt für Navis hier? Anstatt zu sagen 'Bitte wenden' wird beleidigt geschwiegen. Eine Stunde später – ich habe mich inzwischen noch dreimal verfahren – parke ich den Wagen vor dem Haus meiner Tante Anne.

Es ist ein altes, kleines Haus in einer ruhigen Seitenstraße. Im Vorgarten blühen die letzten Sommerblumen, und die weiße, hölzerne Haustür könnte mal wieder einen Anstrich gebrauchen. Noch bevor ich klingeln kann, wird die Tür geöffnet, und vor mir steht eine schlanke, ältere Frau in Jeans und T-Shirt. ‚So möchte ich in dem Alter auch gern aussehen', schießt es mir durch den Kopf, als ich Elisabeth begrüße. Obwohl die Freundin meiner Tante ganz leger gekleidet ist, erweckt sie gleich im ersten Augenblick den Eindruck einer Lady.

„Welcome to Australia", sagt die Frau, die die letzten 15 Jahre mit meiner Tante in diesem Haus zusammen gelebt hat. Sie führt mich in ein Wohnzimmer mit alten Möbeln und vielen Familienfotos an den Wänden. Es gibt Kaffee aus einer mit Rosen bemalten Porzellankanne, und ich weiß nicht so richtig, was ich sagen soll. Es fühlt sich merkwürdig an, mit einer fremden Frau hier zu sitzen – ohne meine Tante.

„Sie hat sich so sehr darauf gefreut, dich zu sehen und mit dir durch die Gegend zu reisen!", sagt Elisabeth und mustert mich wohlwollend. „Du hast Ähnlichkeit mit ihr, weißt du das?"

Das hatte mir meine Mutter auch schon ein paar Mal gesagt. Ich kannte Tanne Anne nur als ältere Frau und konnte wahrlich keine Übereinstimmungen feststellen. Doch als Elisabeth mir jetzt ein Foto von Anne als junge Frau unter die Nase hält, entdecke ich tatsächlich eine gewisse Familienähnlichkeit.

„Anne war kleiner als du. Aber ihr habt dieselben Augen und dieselbe Haltung. Das ist mir sofort aufgefallen, als du zur Tür hereingekommen bist", sagt Elisabeth.

„Ich konnte es nicht fassen, als meine Mutter mir erzählte, dass sie einen Herzinfarkt bekommen hat. Sie war doch immer kerngesund. Zäh wie Leder, hieß es bei uns zu Hause immer. Und ich hatte mich so auf unsere gemeinsame Tour gefreut. Erst recht nach der Scheidung. Diese Australien-Reise war irgendwie mein Rettungsanker."

Elisabeth nickte mitfühlend. „Das kann ich mir denken. Anne hat immer gesagt: Wenn dieser Typ meine Nichte gehen lässt, ist er sowieso nicht gut genug für sie."

Ich grinse schief. „Das sagen meine Freundinnen auch alle. Trotzdem habe ich mir das mal anders vorgestellt."

„Haben wir das nicht alle? Bei wem läuft das Leben schon schnurgerade? Und wäre es dann nicht auch furchtbar langweilig?"

Elisabeth streicht nachdenklich über das Foto ihrer besten Freundin.

„Anne hatte wirklich kein leichtes Leben. Vor allem als sie eine junge Frau war, hat sie Schreckliches durchmachen müssen. Aber sie hat sich nie unterkriegen lassen. Zumindest ihr Tod war so, wie man sich ihn auch für sich selbst wünschen würde."

Ihr Blick geht zum Fenster hinaus in den Garten. Unter einem Apfelbaum steht ein Schaukelstuhl im hohen Gras. „Genau da ist es passiert", weist sie mit dem Kopf in Richtung des Baumes.

„Es war ein furchtbar heißer Tag, bestimmt an die 40 Grad Celsius. Im Radio meldeten sie neue Buschfeuer. Jede kleine Bewegung geriet einem zur Anstrengung. Anne hatte schon mittags nicht besonders wohl gefühlt. Aber so ging es ja uns allen. Am Nachmittag setzte sie sich ihren Strohhut auf und ging mit einem Buch unter dem Arm zu ihrem Lieblingsplatz unter dem Apfelbaum. Ich riet ihr noch, bei der Hitze lieber im Haus zu bleiben. Aber sie meinte, im Schatten wäre es bestimmt auszuhalten. Wenn nicht, käme sie schon wieder. Als ich eine Stunde später mit einem Glas Zitronenlimonade zu ihr ging, saß sie in ihrem Schaukelstuhl und hatte die Augen geschlossen. Ich dachte, sie sei eingenickt. Aber sie war einfach gegangen."

Elisabeth sieht mich an und fährt sich über die Augen.

„Sie fehlt mir schrecklich, Kind. Manchmal schaue ich zum Fenster hinaus und denke, ich sehe sie dort in ihrem Stuhl sitzen und mir zulächeln. Wahrscheinlich werde ich jetzt auch noch senil."

Ich schlucke. „Ganz bestimmt nicht. Ich glaube, dass würde jedem so gehen. Und wer weiß, vielleicht sind die Toten uns ja noch immer nah, auch wenn wir sie nicht mehr sehen können?"

„Ja, vielleicht." Elisabeth lächelt leicht. „Magst du mit zum Friedhof gehen und sehen, wo sie liegt?"

Ich nicke, das hatte ich meiner Mutter sowieso versprochen. Und so machen wir uns eine halbe Stunde später auf den Weg. Elisabeth fährt, unterwegs halten wir an einem Blumenladen, und ich kaufe zwei Sträuße Rosen – einen für Anne und einen für Elisabeth.

Anne liegt neben ihrem schon vor Jahren verstorbenen Mann begraben. Auf ihrem Grab stehen frische Blumen, bestimmt von Elisabeth. Hat Anne überhaupt noch Verwandte hier in der Gegend? Und was hatte sie Schreckliches in ihrer Jugend erlebt? Davon hatte mir meine Mutter nie etwas erzählt. Mir wird klar, wie wenig ich eigentlich über Anne weiß. Zu uns waren immer nur die abenteuerlichen Geschichten vom anderen Ende der Welt gedrungen. In ihren Briefen hatte meine Tante von Caravantouren ins Outback und von Begegnungen mit Krokodilen geschrieben. Ich wusste, dass sie und Onkel Will keine Kinder bekommen hatten.

„Hatte meine Tante eigentlich noch andere Neffen und Nichten von Onkel Wills Seite?“, frage ich Elisabeth.

Wenn sie sich wundert, wie wenig ich über die Familie meiner Tante Bescheid weiß, so lässt sie es sich zumindest nicht anmerken.

„Leider nein. Will war ein Einzelkind. Die beiden hatten zwar viele Freunde hier in Victoria, aber die Familie war überschaubar. Wobei… ach, ist nicht so wichtig.“

Energisch stemmt Elisabeth ihre Fäuste in die Taschen ihrer Strickjacke und dreht sich um.

„Komm wir gehen. Friedhöfe machen mich immer depressiv. Ich habe Anne sowieso in meinem Herzen. Da muss ich nicht vor so einem blöden Grab stehen.“

Ein paar Stunden später sitzen wir bei Kerzenlicht an einem schön gedeckten Tisch im Esszimmer. Elisabeth hatte ein Festmahl vorbereitet. Wir trinken auf Tante Anne und erzählen aus unser beider Leben.

„Wie habt ihr beide euch eigentlich kennengelernt?“, frage ich sie.

„Das ist Ewigkeiten her“, lächelt Elisabeth. Ihre Augen glänzen, als sie im Geiste in eine Zeit zurückkehrt, als das Leben noch vor ihr lag.

„Wir trafen uns zum ersten Mal, als deine Tante gerade erst von Deutschland nach Australien gekommen war. Sie hatte damals als eine Art Kindermädchen für ein reiches Ehepaar gearbeitet, das mit seinen zwei Kindern von Deutschland nach Melbourne ausgewandert war."

Elisabeth nimmt noch einen Schluck Rotwein und fährt fort.

„Ich weiß es noch wie gestern. Sie saß im Park auf einer Bank und büffelte Englisch, während die beiden Kinder auf einer Schaukel herumtobten. Ich arbeitete damals als Sekretärin in einem Büro und wollte in dem Park meine Mittagspause verbringen. Wir kamen ins Gespräch – sie konnte gerade mal ein paar Brocken Englisch – und seitdem waren wir Freundinnen."

Elisabeth schüttelt lächelnd den Kopf. „So viel ist passiert seitdem und trotzdem kommt es mir vor, als ob die Zeit wie im Flug vergangen ist."

Während wir gemeinsam die Weinflasche leeren, die Dämmerung langsam in Dunkelheit übergeht, erzählt Elisabeth eine Geschichte nach der anderen. Wie sie ihre Männer kennengelernt und geheiratet hatten. Wie sie zusammen mit einem Auto und zwei Zelten durchs Outback gereist waren. Wie sie ihre Kinder geboren und großgezogen hatte, während Anne selbst keine Kinder bekommen konnte und sich stattdessen voll auf ihr neues Projekt konzentriert hatte. Nachdem sie meinen Onkel Will geheiratet hatte, kündigte sie ihre Stelle als Kindermädchen und arbeitet zunächst in einem kleinen Blumenladen, den sie später übernahm. Lange Zeit später, nachdem ihre beiden Männer im Abstand von wenigen Monaten gestorben waren, verkaufte Elisabeth ihr Haus, das viel zu groß für sie geworden war, und zog in das kleinere Haus ihrer Freundin.

„Du erinnerst mich wirklich sehr an Anne. Nicht nur vom Aussehen, du hast viel von ihr in deinem Herzen“, sagt Elisabeth, bevor sie mir mein Zimmer zeigt. Es ist das meiner Tante. Wir gehen eine gewundene Treppe hinauf in den ersten Stock. Annes Schlafzimmer könnte das eines jungen Mädchens sein. Alle Möbel sind weiß gestrichen, zierliche Rosen ranken sich auf der Tapete. Auf dem Messingbett liegt eine rosa-grün farbene Patchworkdecke.

Elisabeth blickt sich lächelnd um. „Was meinst du, wirst du es hier aushalten? Wenn du etwas brauchst, meldest du dich, okay?“

„Ich werde schlafen wie ein Stein. Erstens hat mich der Jetlag fest im Griff, und dann auch noch dieser Rotwein…“

„Dann gute Nacht, Claudia. Schlaf gut.“, lässt mich Elisabeth alleine.

Auf einer Kommode entdecke ich gerahmte Fotografien meiner Tante. Ein Hochzeitsbild von ihr und Will. Ein Foto meiner Großeltern. Ein Bild meiner Familie. Und eine Collage mit vielen Fotos von mir – als Baby, bei der Einschulung, der Konfirmation, der Hochzeit. Meine Tante hatte offenbar einen Narren an mir gefressen. Das Herz wird mir schwer. Warum bloß habe ich sie nicht schon viel eher besucht? Aber jetzt kann ich einfach nicht mehr darüber nachdenken. Ich sinke erschöpft ins Bett und schlafe augenblicklich ein.

„Sie sind falsch! Bitte wenden!“, tönt eine blecherne Computerstimme aus den Lautsprechern.

Ich befinde mich auf einem mehrspurigen Highway, umzingelt von Autos. „Wenden Sie jetzt!“, kommt es aggressiv aus dem Navi. Rainer sitzt auf dem Beifahrersitz und explodiert. „Hast du’s nicht gehört? Du sollst wenden! Zu blöd zum Autofahren!“

Sein Gesicht hat eine ungesunde, rote Farbe angenommen, die Halsschlagader tritt hervor. Ich schaue in den Rückspiegel, ob ich die Spur wechseln kann und irgendwie nach rechts hinüber komme. Oder muss ich in Australien nach links? Plötzlich weiß ich es nicht mehr. Mein Herz rast, der Schweiß bricht mir aus.

„Jetzt mach doch endlich!“, schreit Rainer und gestikuliert wild mit seinen Armen. Ich bekomme Angst, dass er mir gleich ins Steuerrad greift.

„Ich versuch’s ja“, wende ich zaghaft ein und setze den Blinker. Keines der anderen Fahrzeuge lässt mich dazwischen.

„O Gott, wie konnte ich dich nur fahren lassen“, stößt Rainer entnervt hervor. „Ich seh’s schon kommen. Gleich baust du auch noch einen Unfall.“

Ich bin kurz davor loszuheulen, da wird der Highway vor mir frei. Ich kann in eine ruhigere Straße einbiegen. Und da taucht auf einmal das Haus meiner Tante auf. Ich sehe den Apfelbaum und darunter den Schaukelstuhl. Anne sitzt darin und winkt mir zu. Sie hat eine Tasse Tee auf dem Schoß, ein leichtes Lächeln umspielt ihr Gesicht. Sie wirkt so heiter und gelassen, dass ich mich sofort entspanne. Gottseidank, ich habe mein Ziel erreicht.

„Siehst du, ich habe es doch geschafft!“, sage ich zu meinem Ex-Mann auf dem Beifahrersitz. Doch er ist verschwunden.

Schweißgebadet wache ich auf und taste nach dem Schalter der Nachttischlampe. Im ersten Moment weiß ich nicht, wo ich bin. Ich habe das Gefühl, noch immer im Auto um die Straßenblocks zu kurven und keinen Ausweg zu finden. Mein Traum war so real, dass ich ihn kaum abschütteln kann. Im Haus ist es mucksmäuschenstill. Die Luft im Zimmer erscheint mir stickig und warm. Ich stehe auf, um das Fenster zu öffnen.

Angenehme Kühle dringt in den Raum. Grillen zirpen. Im silbernen Schein des Mondlichts lassen sich die knorrigen Zweige des Apfelbaums ausmachen. Darunter steht der Schaukelstuhl, er ist leer.

Natürlich ist er leer, denke ich und schüttele über mich selbst den Kopf, bevor ich zurück ins Bett kehre. Einerseits fühle ich mich müde und zerschlagen, andererseits bin ich hellwach. Das mit dem Schlafen kann ich wohl vergessen. Ich trinke einen Schluck Wasser, das Elisabeth mit fürsorglich ans Bett gestellt hatte, und ziehe vorsichtig die Nachttischschublade auf. Vielleicht hat Tante Anne Schlaftabletten dort deponiert? Man sagt ja, dass viele ältere Leute nicht mehr so gut schlafen und deswegen zu Tabletten greifen.

Auf den ersten Blick sieht es nicht so aus. In einer Ecke liegen bestickte Stofftaschentücher, in der anderen ein Packen Briefe. Als ich die Schublade noch weiter aufziehe, um auch hinten noch nachzuschauen, entdecke ich ein kleines, in Leder gebundenes Buch ohne Titel. Es sieht abgewetzt aus, der braune Einband weist sogar ein paar Flecken auf. Wie alt das wohl ist? Neugierig nehme ich es heraus und schlage es auf.

Die Seiten sind zwar etwas vergilbt, aber intakt. Von jedem Blatt prangt mir die schwungvolle Handschrift meiner Tante entgegen, so wie ich sie aus ihren Briefen kenne. Ich blättere zur ersten Seite und lese „Tagebuch Anne Schulz. Oktober 1950“. Die Schrift wirkt hier noch etwas krakelig. Ich rechne schnell nach. Kein Wunder, Anne war 18 als sie dies geschrieben hat, ein junges Mädchen. Fasziniert blättere ich durch das über 60 Jahre alte Buch. Offenbar hatte meine Tante ihr ganzes Leben aufgeschrieben, die letzten Eintragungen hatte sie erst kurz vor ihrem Tod gemacht. Ob sie etwas dagegen hätte, wenn ich es lesen würde? Ein seltsamer Schauer erfasst mich. Ist dies die einzige Gelegenheit, meine Tante besser kennenzulernen? Ein Wink des Schicksals?

Aber dann stelle ich mir vor, wie jemand anderes mein Tagebuch lesen würde. Tatsächlich führe ich gar keines. Aber wenn es so wäre, würde ich auf gar keinen Fall wollen, dass jemand anderes es unerlaubt liest. Beschämt lege ich das Buch zurück und schließe die Schublade. Immerhin habe ich durch die Entdeckung meinen grässlichen Alptraum verdrängt und kann nach einer Weile wieder einschlafen – ohne Tabletten.

6

„Willst Du wirklich schon fahren? Du könntest doch ruhig noch ein wenig bleiben?" Elisabeth schaut mich bittend an.

Doch ich habe Hummeln im Hintern. Ich will raus, etwas sehen vom Land, meine eigenen Abenteuer erleben. Wir sitzen beim Frühstück an ihrem gemütlichen Küchentisch und ich streiche ihr kurz über die Hand, während ich antworte.

„Dann bleibe ich am Schluss noch ganz hier und sehe gar nichts von deinem wundervollen Land! Nein, nein, besser ich fahre jetzt und besuche dich noch einmal, bevor ich wieder nach Hause fliege. Einverstanden?"

Elisabeth lächelt verständnisvoll.

„Okay, Hauptsache, du kommst wieder. Deine erste Station ist das Yarra Valley, richtig? Dort wohnt mein Sohn Tom. Er hatte schon vor Wochen vorgeschlagen, dich und Anne in einem sehr netten Weinlokal zum Mittagessen einzuladen. Würdest du dich auch alleine mit ihm treffen?"

„Klar, warum nicht?"

„Dann rufe ich ihn nochmal an und frage, ob es dabei bleibt", sagt Elisabeth auf dem Weg zum Telefon. Ich höre sie mit ihrem Sohn plaudern, und dann drückt sie mir einen Zettel mit der Adresse eines Weingutes in die Hand.

„Ich wünschte, ich könnte mitkommen. Das Essen ist ausgezeichnet. Aber du machst jetzt erst mal deine Tour, so wie du sie mit Anne geplant hast. Und dann bin ich gespannt auf deinen Reisebericht!"

Bestens gelaunt steige ich ins Auto und gebe die Adresse ins Navi ein. Elisabeth steht schon zum Winken parat vor der Haustür. Doch plötzlich packt es mich.

„Ich glaube, ich habe etwas vergessen!“, rufe ich, steige aus dem Auto und sprinte die Treppe hinauf in mein Zimmer. Ich denke nicht mehr darüber nach, ob es richtig oder falsch ist, nehme mir das Tagebuch aus der Schublade und verstecke es unter meinem Pullover.

Elisabeth hat unten gewartet. Sie lächelt verständnisvoll. „Ich vergesse auch immer etwas. Hast du jetzt alles dabei?“

„Ja, alles okay. Vielen Dank“, grinse ich leicht beschämt, winke nochmal tüchtig und düse los. Das Tagebuch lege ich ins Handschuhfach. Am Ende meiner Reise werde ich es zurück bringen. Niemand wird davon erfahren.

20 Minuten später bin ich aus der Stadt raus und freue mich, dass der Verkehr nachgelassen hat. Seitdem ich mich auf dieser großen Straße befinde, hält die Navi-Tante wieder ihren Mund. Die Zeit zum Ziel verkürzt sich von Minute zu Minute. Rechts taucht ein großes Schild am Wegesrand auf. „Welcome to Yarra Valley“. Kann ja nur richtig sein, denke ich frohen Mutes. Noch eine halbe Stunde bis zum Ziel. Perfekt. Dann wäre ich genau um 12 Uhr mittags da, wie verabredet.

Seit geraumer Zeit kommt mir kein Auto mehr entgegen. Um fünf Minuten vor zwölf meldet sich die Navi-Tante: Sie haben Ihr Ziel erreicht. Das Ziel liegt auf der rechten Seite.

Rechts (und links!) erstreckt sich reines Buschland. Kein Haus, keine abzweigende Straße, kein Schild und erst recht kein nettes Weinlokal in Sicht. Sch….! Es nützt ja nichts, jetzt umzukehren. Ich werde einfach weiterfahren, bestimmt liegt das Weinlokal gleich hinter der nächsten Wegbiegung Zehn Minuten später: immer noch Busch. Keine Möglichkeit zum Wenden. Und ob ich jetzt umkehre oder noch ein Stückchen weiterfahre, ist wahrscheinlich sowieso egal. Nochmal zehn Minuten später taucht rechts ein kleines, verwittertes Ortsschild auf und drei Häuser. Ich biege auf den Feldweg ein und komme vor einer Hütte – dem Postamt – zum Stehen. Hoffentlich ist das Weingut jetzt nicht so weit von hier, denke ich noch, während ich vor der Tür des Postamtes fast mit einem Mann zusammenstoße, der gerade herauskommt. Er sieht aus wie Bud Spencer, guckt allerdings ein bisschen wilder. Schluck.

„Hallo! Können Sie mir wohl helfen? Ich möchte zu dieser Adresse“, halte ich ihm Elisabeths Zettel vor die Nase. Er wirft einen kurzen Blick darauf, schüttelt im selben Moment den Kopf und sagt: „Nie von gehört!“

Na toll. „Das muss aber ganz hier in der Nähe sein. Bei dem bekannten Zoo Healesville.“

Nun zieht er die buschigen Augenbrauen hoch, reibt sich den schwarzen Vollbart und schüttelt wieder den Kopf. „Oh girl, I am so sorry. You are totally wrong.“

„Aber mein Navi hat mich doch…“. Ach, was interessiert es ihn. Außerdem hatte mich das blöde Teil ja gestern schon ein paar Mal hängen lassen. Zum Glück entdecke ich eine Karte an der Außenwand des Postamts.

„Vielleicht können Sie mir auf der Karte zeigen, wie ich von hier am schnellsten nach Healesville komme?“

„Tut mir leid, das weiß ich auch nicht. Ist kompliziert", gibt Bud Spencer zu bedenken. Seine Stirn runzelt sich, und er scheint jetzt doch angestrengt nachzudenken.

„Fahr die nächste Straße rechts rein und dann immer weiter. Dann müsstest du eigentlich hinkommen." Damit ist für ihn die Sache erledigt, und er macht sich zu Fuß in Richtung eines der Häuser auf den Weg. Ich sehe mir die Karte an und entdecke Healesville, aber nicht das Kaff mit den drei Häusern, wo ich mich jetzt befinde. Egal, ich werde einfach den Rat dieses Einheimischen befolgen. Wird schon klappen. Also zurück auf die Straße, 500 Meter weiter biegt rechts tatsächlich eine Straße ab. Ich fahre jetzt etwas flotter, schließlich bin ich schon total zu spät und will es nicht noch schlimmer machen. Meine neue Straße führt bergab, der blaue Lancer wird noch einen Tucken schneller, und dann verwandelt sich die bisher bestens asphaltierte Straße in eine rote Schotterpiste und ein paar Meter weiter, in der Talsohle sozusagen, in einen kleinen See. Ich presche mit einem Affenzahn hinein, gleich wieder hinaus und komme mit wild klopfenden Herzen direkt hinter dem Wasserloch zum Stehen. Den Wagen hab ich klassisch abgewürgt. Mein Puls rast. Ich muss jetzt erstmal aussteigen.

Kein Mensch weit und breit zu sehen. Vor, neben, hinter und über mir: Wald. Sonnenstrahlen brechen durch die Äste. Zwei bunte Papageien fliegen über mich hinweg. Die kenne ich sonst nur aus dem Zoo, hier fliegen sie einfach so herum. Mein Herz hämmert immer noch. Ich werde jetzt erstmal Tom anrufen, der ja schon auf mich wartet, und das Mittagessen abblasen. Weil ich zu doof bin, das Restaurant zu finden. So etwas Peinliches, zum Glück hat Elisabeth mir seine Telefonnummer aufgeschrieben. Ich hole mein Handy aus der Tasche und stelle fest: kein Empfang.

Na prima. Kurze Zusammenfassung: Ich, Claudia Rüter, befinde mich auf der anderen Seite der Welt, mutterseelenallein in einem sehr großen Wald mit Papageien, ohne Handyempfang. Kein Mensch weiß, wo ich bin, ich auch nicht. Und ob das Auto wieder anspringt, ist noch ungewiss. „Don't worry", hatte David gesagt. Aber ein bisschen beunruhigt bin ich jetzt schon. Andererseits: So richtig Schiss habe ich auch wieder nicht. Etwas ganz Schlimmes ist ja schließlich bis jetzt gar nicht passiert. Wenn ich nicht ein schlechtes Gewissen wegen des wartenden Tom hätte, würde ich mein Abenteuer vielleicht sogar richtig genießen. Zu Hause passiert einem so etwas jedenfalls nicht.

Ich atme tief durch und höre die Papageien rufen. So lebendig wie hier in Australien habe ich mich schon seit Jahren nicht gefühlt. Irgendwie werde ich hier schon wieder herauskommen.

Das Auto springt auf Anhieb an. Die Schotterpiste führt jetzt wieder bergan und nach etwa 200 Metern auf ebener Strecke weiter. Fünf Minuten später lichtet sich der Wald, auf der linken Seite grasen Rinder auf der Weide. Ich probiere es nochmal mit dem Handy und habe Empfang. Tom ist sofort am Apparat. Er hat sich schon Sorgen gemacht, wo ich bleibe, zum Glück aber noch nicht seine Mutter alarmiert. Ich erkläre ihm die Situation und schlage vor das Mittagessen zu canceln. „Auf keinen Fall. Ich sitze hier schon und halte einen sehr netten Tisch frei. Es macht gar nichts, wenn du später kommst. Fahr vorsichtig, ich warte."

Netter Mann. Ich fahre weiter, und soll man es glauben? – Nur zehn Minuten später mündet meine Schotterpiste in eine richtige Straße, auf der ein Schild nach Healesville weist. Nochmal fünf Minuten später bin ich am Restaurant.

Das Bella Vedere liegt mitten im Weinanbaugebiet, und als ich die Tür öffne, dringt mir eine Mischung aus leckeren Gerüchen, Gläserklirren und Lachen entgegen. Noch ehe ich mich versehe, steht ein sehr großer, sehr gut aussehender Mann vor mir, der mich mit einer gewissen Erleichterung anstrahlt.

„Du musst Claudia sein. Toll, dass du es noch so schnell geschafft hast", schüttelt Tom mir die Hand und führt mich zu einem Platz am Fenster, von dem aus man einen fantastischen Blick auf einen großen Garten und dahinter auf die Weinreben hat. Die Bedienung kommt, schenkt gekühlten Weißwein ein, spricht eine Empfehlung zum Mittagessen aus und ich nicke nur. Alles ist gut. Ich hab den Weg gefunden, die heitere Stimmung im lichtdurchfluteten Bella Vedere umfängt mich wie eine warme Woge. Und mit Tom unterhalte ich mich bereits nach fünf Minuten, als würden wir uns schon ewig kennen. Er erzählt von seiner Familie, quetscht mich über das Leben in Deutschland aus und freut sich, dass ich bei unserem etwas verspäteten Mittagessen reinschaufel, als ob ich seit drei Tagen nichts zu essen bekommen hätte. Das Essen schmeckt aber auch fantastisch.

„Vieles wird direkt in diesem Garten geerntet“, weist Tom nach draußen. Alles andere bezieht das Restaurant von Farmern aus der Umgebung, alles Bio also.

Als wir beim Kaffee ankommen, fragt Tom nach meinen weiteren Reiseplänen und ich erzähle ihm, dass heute Nachmittag meine erste Begegnung mit Skippy auf dem Programm steht. Kängurus kenne ich tatsächlich nur aus der gleichnamigen Fernsehserie aus den 70er Jahren. Deswegen hatte Tante Anne vorgeschlagen, den Zoo in Healesville zu besuchen. Dort leben alle australischen Wildtiere zusammen, es gibt also eine hundertprozentige Känguru-Garantie.

„Der Zoo ist wirklich klasse“, meint Tom. Er kennt sogar einen Ranger, der dort arbeitet, und ruft ihn für mich an. Ich habe Glück. Der Mann ist in den nächsten Stunden noch nicht ausgebucht und will mich persönlich durch den Zoo führen.

„Dann nichts wie los. Inzwischen wird es relativ früh dunkel bei uns, und du solltest besser nicht in der Dämmerung oder im Dunkeln fahren. Da sind jede Menge Wildtiere unterwegs, die dir vors Auto laufen könnten“, sagt Tom.

Glücklicherweise scheint ein weiteres Verfahren unwahrscheinlich. Der Zoo befindet sich nämlich nur ein paar Kilometer weiter die Straße hinauf. Ich verabschiede mich von Tom und folge seiner Wegbeschreibung. Das Navi bleibt aus.

Wie erkennt man einen Ranger, den man nicht kennt? – Indem er genauso aussieht, wie man ihn sich vorgestellt hat. Als ich auf den Eingang des Zoos in Healesville zu schlendere, erhebt sich ein nicht mehr ganz junger, großgewachsener Mann in einer Art Safariuniform und kommt gezielt auf mich zu. Das ist er bestimmt: Ray, denke ich, und so ist es. In den nächsten zwei Stunden schleppt mich Ray durch seinen Zoo und zeigt mir alles, was in Australien kreucht und fleucht. Koalas, Wombats, Dingos, Schnabeltiere, Wallabies. Und endlich sehe ich auch Kängurus. Was heißt sehen, man kann hier die so genannten ‚magischen Momente' buchen. Und das lasse ich mir natürlich auf keinen Fall entgehen. Für zwölf Dollar darf ich zusammen mit einer Mitarbeiterin ins Känguru-Gehege und die Tiere streicheln und füttern.

„Die Männchen lass lieber in Ruhe. Mit denen ist manchmal nicht so gut Kirschenessen", warnt mich die Zoo-Angestellte. Da sich die deutlich größeren und kräftigeren Känguru-Männchen ohnehin etwas arrogant in der Sonne aalen und mich komplett ignorieren, während ihre charmanten Weibchen socialising mit dem Besuch aus Germany betreiben, habe ich kein Problem damit. Etwas irritierend finde ich allerdings, dass sich fast jedes Känguru ständig kratzt. Ich hoffe, die Läuse gehen nicht auf Menschen über und kann mich trotzdem kaum loseisen. Ein dezentes Hüsteln von Ray verrät mir allerdings, dass wir unsere Tour fortsetzen müssen. Schließlich steht uns noch das Schlangenhaus bevor.

Die zehn giftigsten Schlangen der Welt - klar, sie sind in Australien zu Hause - blinzeln einem hinter einer Glasscheibe zu. Rae, der auch schon Schwedens Kronprinzessin Victoria durch den Park führte, möchte es nicht versäumen, mich detailliert über *seine* Schlangen zu informieren. „Natürlich ist es nicht so wie in den üblichen Spielfilmen, dass du sofort tot umfällst, wenn du gebissen wirst. Wenn du es rechtzeitig merkst, gibt es hilfreiche Gegenmaßnamen. Wenn nicht, dauert es meist 24 Stunden bis du stirbst. Vorher bekommst du noch unkontrollierbare Zuckungen. Tja, das ist dann ein wenig unangenehm."

Kann ich mir vorstellen. Rae nickt gleichmütig, und wir ziehen weiter. Das Bild mit den Schlangen, die es angeblich ja haufenweise in freier Wildbahn geben soll, geht mir so schnell nicht mehr aus dem Kopf.

Aber die Australier leben nicht nur mit gefährlichen Tieren, sondern auch noch mit einer ganz anderen Gefahr.

„Siehst du die Stelle dort drüben?", weist Ray auf ein kahles Stück Land ein paar Meter weiter. „Bis dort kam das Feuer 2009. Vielleicht hast du davon gehört. Wir haben es den Schwarzen Samstag genannt. An diesem schrecklichen Tag im Februar kamen bei Buschbränden in Victoria 173 Menschen ums Leben. Unser Zoo wurde evakuiert. Aber letztlich haben wir noch Glück gehabt."

Ich erinnere mich schwach an die Fernsehnachrichten von den Buschbränden. Damals dachte ich wahrscheinlich ‚Gott, wie schrecklich' und hab mich danach schnell wieder anderen Dingen zugewendet. Australien war schließlich weit weg. Und ich hatte bestimmt Wichtiges zu tun.

Wichtiges?, schießt es mir auf einmal durch den Kopf. Was gibt es eigentlich so Bedeutendes in meinem Leben? Über meinen Ex hatte ich mich aufgeregt. Oder über Kunden, die mit meinen Entwürfen nicht zufrieden waren.

Im Großen und Ganzen war ich mit meinem Beruf als Grafik-Designerin immer zufrieden. Ich durfte kreativ sein, hatte Spaß an der Arbeit, konnte mir die Zeit selbst einteilen. Und es machte mir auch überhaupt nichts aus, mal eine Nachtschicht einzulegen, wenn ein Projekt pünktlich beim Auftraggeber abgegeben werden musste. Aber wenn dann Leute, die von Design nicht die geringste Ahnung hatten, an meinen Entwürfen herummäkelten, konnte ich mich auch tagelang darüber ärgern. Jetzt und hier in diesem Zoo in Healesville kommt mir das auf einmal völlig belanglos vor. Warum habe ich mich eigentlich jahrelang über solche Peanuts aufgeregt? Warum war es mir nicht gelungen, einen Schritt zurück zu treten und das Ganze von einer anderen Perspektive zu betrachten?

Waren die Menschen in Australien vielleicht deshalb so entspannt, weil sie die Gewichtung der kleinen Sorgen und Nöte angesichts von Gefahren wie Buschfeuern und giftigen Schlangen relativierten? – Ich beschließe jedenfalls spontan, mir etwas von der Don't worry-Haltung der Aussies abzuschauen und mit nach Deutschland zu nehmen. Schaden kann es bestimmt nicht.

Wir schauen uns noch das Tierkrankenhaus an, in dem verletzte Wildtiere behandelt werden, und dann verabschiede ich mich von Ray. Es ist schon später Nachmittag, und ich soll ja besser nicht in der Dunkelheit fahren…

Im Auto checke ich erstmal mein Handy und stelle fest: drei Anrufe in Abwesenheit. Alle drei von David!

Mein Herz schlägt schneller. Er hat mich also nicht vergessen. Das war meine leise Befürchtung gewesen, und ich bin so froh, dass es nicht so ist. Da meine Bleibe für diese Nacht nur ein paar Kilometer von Healesville entfernt liegt, werde ich David von dort aus anrufen. Bestens gelaunt, starte ich mein Auto, hoffe einmal mehr, dass das Navi mich nicht im Stich lässt und brause los.

Kennen Sie das? Wenn man im Zoo nur wenige Zentimeter entfernt einem Löwen oder Tiger in die Augen blickt, hebt sich der Grad der Aufmerksamkeit höchstens so weit, als würde man George Clooney im TV sehen. Stände Clooney aber unerwartet – etwa in einem Shoppingcenter – vor einem, sähe die Sache ganz anders aus.

Genau so ergeht es mir, als ich über einen schmalen Weg den Yering Gorge Cottages entgegenfahre, meiner Unterkunft. Rechts und links des Weges erstrecken sich ausgedehnte Weiden, auf denen Pferde und Rinder grasen. Der Weg führt in einigen Schlenkern leicht bergan. Die untergehende Sonne taucht das grüne Tal in zarte Orangetöne. Kurz nachdem ich das Tor zu den Cottages passiert habe, sind sie plötzlich da: wilde Kängurus.

Ich lege eine Vollbremsung hin, was nicht weiter schlimm ist, da außer mir sowieso kein Mensch unterwegs ist. Zum Glück liegt die Kamera griffbereit auf dem Nebensitz. Ich schnappe mir die Knipse, springe aus dem Auto und fange wild an, zu fotografieren. Nur wenige Meter entfernt grast eine ganze Känguru-Familie und lässt sich von meiner Gegenwart nicht im Geringsten stören. Eine Känguru-Dame hält kurz inne, um ihr Baby zu stillen, die anderen fressen ungerührt weiter.

Ich fotografiere und fotografiere – und habe plötzlich den Eindruck, beobachtet zu werden. Langsam drehe ich mich um. Direkt hinter mir stehen zwei ausgewachsene Känguru-Männchen, wobei der Begriff Männchen irgendwie irreführend klingt. Beide sind größer als ich. Als ich mich umdrehte, waren die zwei noch in einem munteren Boxkampf verwickelt. Jetzt halten sie jedoch inne und starren mich mit großen Augen an. Täusche ich mich, oder heben sich ihre Mundwinkel zu einem leichten Grinsen?

„Halten Sie sich bitte immer von Känguru-Männchen fern. Das ist sicherer", habe ich noch die Stimme der Tierpark-Rangerin im Ohr. Langsam, Schritt für Schritt, trete ich rückwärts den Weg zum Auto an. Was macht man eigentlich bei einer Känguru-Attacke? Schnell weglaufen? Den Angreifern die Kamera an den Kopf werfen? (Sie war ziemlich teuer…). Beruhigend auf die Tiere einreden? Ich stelle fest, dass ich mich wohl nicht richtig auf die Begegnungen mit der australischen Tierwelt vorbereitet habe. Aber da sitze ich schon wieder aufatmend im Auto. Die beiden Känguru-Typen boxen sich nochmal kurz und hüpfen dann mit großen Sprüngen am Auto vorbei die Wiese hinunter.

Mit leicht zitternden Fingern starte ich den Motor und lege die letzten Meter zu der kleinen Ansammlung von Ferienhäusern zurück. Und hier wartet die nächste Überraschung. Meine Känguru-Bekanntschaft war wohl nur die Vorhut gewesen. Rund um die Yering Gorge Cottages grasen, hüpfen, dösen und entflöhen sich geschätzte 200 Beuteltiere. Der Hammer!

Vorsichtig parke ich den Wagen am Haupthaus und steige die Stufen zur Rezeption hoch. Hier erwartet mich Ross, der Eigentümer der Anlage, und zeigt mir einige Minuten später eine ziemlich feudale Hütte mit einem atemberaubenden Ausblick aufs Yarra Valley. Beschämt erzähle ich ihm von meiner Känguru-Begegnung am Anfang seines Grundstückes. Und dass ich die Speicherkarte meiner Kamera dort schon halb vollgeknipst habe.

Ross lacht. „Kängurus kannst du hier ständig fotografieren. Es sind rund 300 Stück, und sie sind eigentlich ständig da. Wenn du Glück hast, siehst du sogar unseren Albino, ein sehr großes Tier. Und wenn du später das Licht anmachst, kommen die Kängurus vielleicht sogar bis auf die Veranda. Aber keine Angst: es kann nichts passieren!“

Nachdem wir die üblichen Formalitäten erledigt haben, schenkt Ross mir noch ein breites Grinsen und sagt: „Dann wird das ja eine kurze Nacht. Um vier solltest du aufstehen.“

„Wie bitte???“

„Damit du es rechtzeitig zum Weingut schaffst. Der Ballon startet gegen sechs“.

Ich verstehe nur Bahnhof. „Welcher Ballon?“

Jetzt guckt Ross irritiert.

„Naja, ich habe hier eine Mail vom Weingut vorliegen, die wiederum eine Buchung für ein Ballooning zum Sonnenaufgang für zwei Personen vorliegen haben. Moment, ich schaue rasch nach, die Buchung wurde von einer Anne aus Melbourne vorgenommen.“

Mit fällt die Kinnlade runter. Die Überraschung ist meiner Tante gelungen. Posthum sozusagen. Eine Ballonfahrt über das Yarra Valley, ich glaub es ja nicht.

Ross scheint beruhigt, nachdem er mein strahlendes Gesicht sieht. Noch vor wenigen Wochen hätten mich keine zehn Pferde in einen Heißluftballon bekommen. Höhenangst, ich erwähnte es bereits. Aber nachdem ich 'The Edge' in Melbourne überlebt habe, kann mich nichts mehr schocken. Schade nur, dass ich dieses Erlebnis nicht mit Anne teilen kann. Aber wer weiß, vielleicht sieht sie von oben auf mich herunter und freut sich über mein Solo-Abenteuer?

Ross beschreibt mir noch den Weg zum Weingut und wünscht mir eine gute Nacht. Als ich endlich in meinem gemütlichen Cottage stehe, zeigt mein Handy schon drei neue Anrufe von David an. Ich rufe sofort zurück, und ein warmes Gefühl breitet sich in mir aus, als ich nur seine sexy Stimme höre.

Erstmal kommt er allerdings kaum zu Wort. Ich erzähle alle meine australischen Abenteuer, angefangen von meiner Irrfahrt bis zu meinem morgigen Vorhaben.

„Und bald fahren wir zusammen weiter und du zeigst mir alles, David!“, ende ich meinen begeisterten Monolog.

Schweigen am anderen Ende der Leitung.

„David?“

Er seufzt. „Leider wird daraus nichts, Claudia. Ich musste geschäftlich nach Sydney. Es ging wirklich nicht anders. Und nun dauert das hier ein paar Tage. Es tut mir total leid, aber ich kann nicht mit dir auf Tour gehen.“

Ich spüre förmlich, wie sämtliche Endorphine aus meinem Körper flüchten. Und mit ihnen die gute Laune. Das war's also. Er will mich nicht wiedersehen. Für ihn war's nur ein kurzes Abenteuer. Nicht gut genug, um fortgesetzt zu werden. Jetzt nur nichts anmerken lassen. Ich versuche meiner Stimme einen positiven Klang zu verleihen. Und krächze: „Och, macht nichts."

David räuspert sich. „Mir macht es schon etwas aus. Ich hatte mich darauf gefreut. Aber es geht hier in Sydney um einen sehr lukrativen Auftrag. Den kann ich nicht sausen lassen. Verstehst du das?"

„Ja klar. Natürlich. Hoffentlich läuft alles gut für dich. Ich drück die Daumen." Mechanisches Antworten, höfliche Floskeln. Ich fühle mich miserabel.

„Hör zu Claudia, ich versuche so schnell wie möglich wieder zurück zu kommen. Wir sehen uns auf jeden Fall, wenn du nach deiner Rundreise zurück nach Melbourne kommst. Okay?"

Ich hauche noch ein leises ‚Okay' ins Handy und lege bald auf. Ärgere mich, dass mir Davids Absage so viel ausmacht. Schließlich kenne ich den Kerl kaum. Was hatte ich mir überhaupt gedacht? Hatte ich mich nicht gerade erst von einer unglücklichen Beziehung befreit? Nur um jetzt in die nächste zu schlittern?

Je mehr ich darüber nachdenke, umso mehr ärgere ich mich über mich selbst. David ist ein toller Typ. Wir hatten eine nette Zeit zusammen, bisschen kurz, und nun ist sie vorbei. Punkt. Hatte ich mir nicht gerade erst heute Nachmittag vorgenommen, mir die lockere Aussie-Haltung anzueignen? Na also, dann ist jetzt wohl die beste Gelegenheit, damit anzufangen.

Hunger habe ich auch. Also linse ich erst mal in den Kühlschrank und finde ihn zu meiner Erleichterung gut gefüllt vor. Ross‘ Frau hat einen Zettel mit ‚Guten Appetit!‘ beigelegt und den Kühlschrank mit Salat, einem Steak und einer Flache Chardonnay gefüllt.

Minuten später habe ich mir ein 1-a-Abendessen zubereitet und sitze allein am Küchentisch. Naja, ganz allein wiederum auch nicht. Draußen ist es inzwischen stockdunkel, nur das Licht auf der Terrasse brennt. Und lockt die Kängurus an. Drei wohlgenährte Skippy-Verwandte liegen dickbräsig auf der Veranda. Eine Känguru-Dame – sie sieht etwas zierlicher aus als der Rest der Gang – steht direkt vor der Verandatür und schaut ziemlich neugierig herein.

Das glaubt mir doch kein Mensch, denke ich, und beschließe, eine kleine Mail mit Beweisfoto an meine Freundinnen daheim zu senden. Als das erledigt ist, wechsle ich ins Bad hinüber. Dabei handelt es sich nämlich keinesfalls um ein stinknormales Badezimmer, sondern um eines mit einem fantastischen Whirlpool. Und das muss man schließlich ausnutzen.

Davids Absage hin oder her – ich fühle mich trotzdem gut, als ich im blubbernden, warmen Wasser liege, kühlen Chardonnay trinke und von draußen das Tapsen der Känguru-Pfoten auf den Holzdielen höre. Einer meiner Lieblingsfilme ist „Jenseits von Afrika“. Und so ein bisschen fühle ich mich gerade wie Karen Blixen alleine auf ihrer

Farm in Kenia. Neugierig. Abenteuerlustig. Zufrieden mit mir und der Welt.

Als das Blubbern endet, höre ich den Gesang der Zikaden. Und dann ein leises Lachen. Schließlich steigert sich das Geräusch zu einem dröhnenden Gelächter. ‚Don't worry', höre ich schon wieder die Stimme Davids in meinem Kopf. Und ich bin tatsächlich nicht im Mindesten beunruhigt. Schließlich ist es nur der Kookaburra mit seiner Sippschaft, der sich über mich kaputtlacht. Der ‚lachende Hans' heißt er bei uns. Wahrscheinlich sitzt er nun gerade in den hohen Bäumen hinter meiner Hütte und schaut hinab. Erst als das Wasser kalt wird, verlasse ich mein Badeparadies und krabbel ins Bett. Die Nacht wird kurz.

Mit leisem Bedauern, meine wundervolle Behausung schon verlassen zu müssen, breche ich um fünf Uhr morgens von den Yering Gorge Cottages zur Ballonfahrt auf. Kängurus hopsen im Scheinwerferkegel des Autos über die Straße und verschwinden in der Dunkelheit. Kein Mensch ist um diese Zeit auf der Straße unterwegs. Doch das Rochfort Weingut im Yarra Valley ist hell erleuchtet. Gut 70 unausgeschlafene Leute harren hier der Dinge, die da kommen. Mit kleinen Bussen fahren wir gut 20 Minuten durch die Weinberge, bis wir auf eine Lichtung gelangen, auf der die Ballone für ihre Fahrt vorbereitet werden. Alle dürfen - sollen sogar - mit anpacken und helfen. Dann geht's los, jeder hat seinen Platz im Korb gefunden, und Pilot Brian feuert den Ballon an. Jetzt wird es allen warm, die Aufregung wächst und plötzlich heben wir ab. Lautlos - wenn das Feuer nicht wäre - gewinnen wir an Höhe.

Schemenhaft wabert der Nebel über die Eukalyptusbäume, deren Umrisse sich langsam aus der Dunkelheit schälen. Jetzt in der frühen Morgendämmerung sind reichlich Tiere unterwegs, die neugierig zu uns hochschauen: Kängurus, Wallabies, Hirsche und Rehe, ein Fuchs, Kühe und Pferde. Ich schaue und staune und schaue – und merke plötzlich, dass ich nicht die Spur von Höhenangst verspüre. Merkwürdig…

„Falls ihr Pelikane seht, wäre es nett, wenn ihr es beiläufig erwähnen könntet. Die sind in einer gewissen Höhe nämlich der Horror für jeden Piloten“, lässt Brian uns wissen. Wenig später sehen wir tatsächlich welche, aber viel weiter unter unseren vier Ballonen, die majestätisch über das erwachende Yarra Valley gleiten. Von weitem können wir nun sogar Melbourne erkennen, die Hochhäuser der Millionenmetropole und sogar einige Ballone, die dort ebenfalls dem Sonnenaufgang entgegensteuern.

Einige Zeit nach unserem Start geht die Sonne auf. Unter uns wallt noch immer der Nebel, über uns tauchen die ersten Sonnenstrahlen das Tal in funkelndes Gold. Als wir nach unserer Landung auf einer Kuhwiese – mit reichlich Kuhfladen darauf – das Champagnerfrühstück im Weingut genießen, ist es längst helllichter Tag. Diesen Sonnenaufgang werde ich nie vergessen. Schade nur, dass Anne nicht dabei sein konnte. Aber vielleicht war sie es irgendwie doch…

Zusammen mit Katrin und ihrem Mann Scott, die ich im Ballon kennengelernt habe, mache ich noch einen kleinen Spaziergang über das Weingut. Nachdem wir uns beim

Frühstück mindestens eine halbe Stunde auf Englisch unterhalten hatten, erzählte Katrin, dass sie Deutsche ist und vor einigen Jahren für einen work-and-travel-Aufenthalt nach Australien kam.

„Ich war sofort begeistert. Vom Land, von den Menschen hier. Nach Hause wollte ich jedenfalls nicht mehr. Naja, und dann hab‘ ich Scott kennengelernt.“ Lächelnd ergreift sie seine Hand und reibt sich mit der anderen über ihren Babybauch. „Da hatte sich die Sache mit der Rückkehr nach Deutschland sowieso erledigt.“ Die Ballonfahrt hatte Scott ihr zum dritten Hochzeitstag geschenkt. Zufrieden mit sich und der Welt klettern die beiden in ihren Pick-up und fahren zurück nach Melbourne, Katrins neuer Heimat.

Und auch ich mache mich wieder auf den Weg. Als nächste Station hatte Anne Phillip Island für uns vorgesehen. Die kleine Insel liegt etwa 80 Kilometer südöstlich von Melbourne und lässt sich über eine lange Brücke erreichen. Vorsichtshalber gucke ich mir die Strecke erst auf der Karte an, falls das Navi wieder spinnt. Doch diesmal sollte ich Glück haben, das Gerät arbeitet einwandfrei. Dafür passiert leider etwas anderes.

7

Ich bin seit gut einer Stunde auf dem Highway unterwegs, als mein Handy klingelt. David? Sofort macht mein Herz einen Hüpfer. Aber es ist eine unterdrückte Rufnummer aus Deutschland.

„Hallo?“

„Hallo Claudia! Hier ist Rainer.“

Oh nein, was will der denn von mir?

„Hallo, Rainer.“

„Wo bist Du? Ich hab’s schon bei dir zu Hause probiert.“

Wie üblich schwingt eine leise Missbilligung in seiner Stimme mit. Ich spüre, wie sich mein Magen zusammenkrampft. Seit der Scheidung habe ich nichts von meinem Ex-Mann gehört. Von Tag zu Tag ging es mir besser.

Wie schafft der Kerl es bloß, mir von einem Moment zum anderen Bauchschmerzen zu bereiten?

„Na, ist ja auch ganz egal. Jedenfalls wollte ich dich fragen, ob wir uns nicht mal treffen wollen. Irgendwo was trinken. Vielleicht im Salino? Da bist du doch immer so gerne hingegangen.“

Jetzt bricht mir tatsächlich der Schweiß aus. *Was soll das auf einmal? Hat er etwa Stress mit seiner Neuen? Außerdem war das Salino sein Lieblingslokal. Typisch für ihn, alles so darzustellen, als seien wir früher immer dort hingegangen, weil es mir dort so gut gefallen hätte. Aber vielleicht hätte ich einfach auch mal eher die Klappe aufmachen sollen.*

Rainer scheint gar nicht zu bemerken, dass ich noch nicht geantwortet habe und redet einfach weiter.

„Also was meinst du? Heute Abend um acht im Salino?“

„Das wird wohl nicht gehen, Rainer. Ich bin in Australien.“

Jetzt herrscht auf seiner Seite Funkstille. Und ich muss sogar kurz grinsen, weil ich mir gerade seinen dummen Gesichtsausdruck vorstelle.

„Haha – Scherz, oder? Du kannst es auch ganz normal sagen, wenn du keine Lust hast. Oder hast du etwa einen Neuen?“

„Vielleicht. Aber ich bin wirklich in Australien. Gerade bin ich mit meinem Mietwagen unterwegs nach Phillip Island, die Sonne scheint, und alles ist gut.“

Rainer schnaubt ungläubig in den Hörer. „Du willst mir doch nicht weismachen, dass du ganz allein durch Australien fährst. Die fahren links da.“

„Ich weiß. Stell dir vor, kein Problem für mich.“

Tatsächlich bin ich allerdings froh, dass es im Moment zweispurig einfach nur geradeaus geht. Denn sobald ich Rainers Stimme hörte, fühlte ich mich auf einmal irgendwie hilflos. So als ob ich bis jetzt einfach nur verdammt viel Glück gehabt hatte, dass nichts passiert war.

„Also das ist ja echt ein Ding. Fährt meine Kleine einfach so nach Australien. Na dann werde ich ja wohl noch ein paar Tage warten müssen, bis wir uns treffen. Wann kommst du denn wieder?“

Geht dich nichts mehr an, will ich sagen. Deine Kleine bin ich außerdem schon lange nicht mehr, du Arsch. Stattdessen antworte ich brav, dass ich in etwa zwei Wochen wieder da bin.

„Okay, dann hören wir jetzt besser auf. Sonst wird das Gespräch zu teuer."

Typisch Geizhals. Ich will ihm noch sagen, dass die Auslandgebühren auf meine Rechnung gehen. Aber da hat er schon aufgelegt. Und mir den Tag versaut.

Die Landschaft fliegt am Fenster vorbei, aber ich habe keinen Blick mehr dafür. Gerade hing ich noch dem schönsten Sonnenaufgang meines Lebens nach, da holt mich die Vergangenheit, die ich längst hinter mir gelassen glaubte, mit einem einzigen Telefonanruf wieder ein.

Eine halbe Stunde später klingelt es schon wieder. Diesmal ist es meine Freundin Sabine. Wir plaudern kurz wie es so geht, doch dann kann sie sich nicht mehr zurückhalten.

„Du, wenn dein Handy klingelt und es ist Rainer, geh nicht ran! Stell dir vor, seine Ische und er haben sich getrennt, und er wohnt jetzt wieder allein. Axel hat ihn gestern zufällig beim Einkaufen getroffen und da hat er ihm alles erzählt. Einschließlich seiner Idee dich anzurufen. Denn eigentlich wärst du ja nach wie vor seine große Liebe. Und wie blöd er gewesen sei, dich laufen zu lassen. Usw., usw. Ich wollte dich natürlich gleich anrufen, aber da war ja Nacht auf der anderen Seite der Welt. Jetzt bin ich gerade aufgestanden, boah, ein Segen, dass ich dich gleich erreicht habe!"

Ich blinke und fahre auf einen Parkplatz raus. Auf einmal ist Autofahren und Telefonieren gleichzeitig einfach zu viel für mich. Sabine ist nicht zu bremsen, und ihr sind teure Handytelefonate zum Glück auch schnuppe.

„Also BITTE, Claudia, lass dich von diesem Idioten bloß nicht wieder einwickeln. Auch wenn du im Moment vielleicht einsam bist, denk dran: Alles ist besser als der! Erinnere dich daran, wie unglücklich du zuletzt warst. Selbst wenn du mit uns Mädels unterwegs warst, hast du kaum noch gelacht und was erzählt, so wie früher. Und er denkt doch sowieso nur an sich. Jetzt braucht er wieder eine, die kocht und seine Klamotten wäscht und ihn vielleicht noch anhimmelt und da bist du gut genug. Wahrscheinlich meint er, wenn er seinen Charme ein wenig spielen lässt, liegst du sowieso gleich unterm Tisch. Also tu mir einen Gefallen und geh gar nicht erst ans Handy, wenn er anruft. Okay?“

„Zu spät.“

„Wie bitte? Oh, nein! Jetzt sag mir bloß nicht, dass du ihm auf den Leim gegangen bist?“

Ich seufze tief. „Nein, aber er hat vor einer halben Stunde oder so angerufen und wollte sich mit mir im Salino verabreden.“

„Du hast ja wohl hoffentlich nein gesagt?!“

„Ich kam gar nicht so richtig dazu. Als er realisiert hat, dass er ein Ferngespräch nach Australien führt, hat er ziemlich schnell aufgelegt.“

Sabine schnaubt verächtlich. „Das sieht ihm ähnlich. Vergiss den Typen, hörst du?“

Ich nicke, was Sabine natürlich nicht sehen kann. Und so muss ich ihr noch einmal versichern, dass ich auf keinen Fall zurück in Rainers Arme sinken werde.

Den Rest der Fahrt lege ich wie in Trance zurück. Ich beneide Katrin und Scott um ihr Glück. Ich denke an Sabine und Axel zu Hause, die eine harmonische Ehe führen. Und wie so oft frage ich mich, was ich alles falsch gemacht, dass es bei mir so schiefgelaufen ist.

Irgendwann am Nachmittag erreiche ich Cowes, den Hauptort von Phillip Island. Ich checke in mein Hotel ein, falle aufs Bett und bin innerhalb von einer Minute eingeschlafen. Als ich aufwache, ist es stockdunkel. Ich habe tatsächlich bis acht Uhr abends geschlafen. Mein Magen knurrt, und ich mache mich zu Fuß auf den Weg zur Hauptstraße. Dort hatte ich schon beim Hinfahren etliche Pubs und Restaurants gesehen. Im ‚Infused' ergattere ich noch einen freien Tisch, obwohl das hier eine der angesagtesten Bars zu sein scheint. Pärchen, junge Familien, lautes Geschnatter, gute Musik. Alle unterhalten sich prächtig, nur ich bin immer noch schlecht `drauf.

Ich frage mich, was die anderen Leute wohl über mich denken, dass ich hier ganz alleine beim Essen sitze. Naja, wahrscheinlich gar nichts. Wen interessiert das schon? Auf einmal fühle ich mich total einsam. Vielleicht sollte ich mich doch mit Rainer treffen, wenn ich wieder zu Hause bin? Es könnte doch sein, dass es besser ist, zu zweit unglücklich zu sein als alleine. Zumindest müsste jetzt niemand von uns blöd alleine beim Abendessen sitzen. Wir könnten uns unterhalten!

Meine Lasagne kauend, erinnere ich mich an unsere üblichen Abendessen, als wir noch zusammen waren. Ehrlicherweise muss ich gestehen, dass sie zuletzt ziemlich schweigsam verliefen. Ich hatte irgendwann die Lust verloren, von meinen Erlebnissen zu erzählen, da Rainers Kommentare dazu nur noch selten positiv waren. Und das ist jetzt wirklich schon charmant ausgedrückt.

Also ist es doch besser, hier alleine zu sitzen? – Ich kann mich nicht entscheiden. Der Tag, der so grandios begonnen hatte, endet leider mit schlechter Laune. Ich zahle meine Rechnung und haue mich einfach wieder ins Bett.

8

Nach dem Frühstück fahre ich ein paar Kilometer bis zur Südwestspitze der Insel. Heute gucken wir uns „The Nobbies“ an, hatte Tante Anne für diesen Tag in unseren Reiseplan geschrieben. Und an den hatte ich mich bis jetzt so ziemlich gehalten. Heute also zu den Seerobben. Wild tobt die Brandung gegen die Felsen der "Nobbies". Hier soll die Heimat einer etwa 5000 Tiere umfassenden Kolonie von Seerobben sein. Nur: Ich sehe kein einziges Tier.

Der Wind zerrt an meinen Haaren und meiner Jacke, als ich von den Aussichtspunkten an der Inselspitze angestrengt aufs Meer starre. Später setze ich meine Hoffnungen auf den zweiten Höhepunkt des Tages: die Pinguin-Parade.

Pünktlich zum Sonnenuntergang finde ich mich am Strand ein. Mehr und mehr Besucher füllen die aufgestellten Tribünen, Scheinwerfer beleuchten die Szene. Fast hat es den Anschein, als würde hier gleich ein wichtiges Baseball-Spiel beginnen. Gefühlte Stunden sitze ich zusammen mit etwa 500 Chips-fressenden Touris auf den Bänken, warte und starre aufs Meer. Wo sind die Pinguine? - Jetzt fängt es an zu regnen. Ziemlich doll... Ich hab natürlich keinen Schirm, dafür bekomme ich rechts und links von mir die Schirme meiner Nachbarn, allesamt Chinesen, an den Kopf gerammt. Egal, ich bin da und bleibe sitzen.

Und dann passiert es: Hunderte von kleinen, absolut süßen Mini-Pinguinen tauchen in den schaumigen Wellen auf und werden an den Strand gespült. Völlig unbeeindruckt von den

Hunderten von Touristen watscheln sie an Land ihren Nistplätzen entgegen. Also so etwas Niedliches habe ich noch nie gesehen. Plötzlich ist mir egal, dass ich inzwischen nass bis auf die Haut bin. Die kleinen Pinguine sind es absolut wert.

Auf dem Weg zurück ins Hotel hole ich mir noch einen Sandwich und ein Bier und sitze wieder alleine in meinem Zimmer. David hat nicht angerufen, wahrscheinlich hat er mich längst vergessen. Ich habe solche Sehnsucht nach ihm. Ob ich ihn einfach mal anrufe? Aber das ist mir dann auch zu blöd. Ich muss mich einfach irgendwie ablenken, sonst werde ich noch verrückt.

Da fällt mir das Tagebuch wieder ein. Es liegt noch im Handschuhfach. Schnell schlüpfe ich in eine leichte Jacke und renne durch den Regen zum Auto. Auf einmal kann ich es kaum erwarten, in Annes Leben einzutauchen. Ich lege mich ins Bett, knipse die Nachtischlampe an und fahre ehrfurchtsvoll mit den Fingern über den abgewetzten Einwand. Wie oft hatte Anne das Buch in den Händen? Welche Geheimnisse hat sie ihm anvertraut? Würde sie mir verzeihen, dass ich einen Blick hinein werfe, wenn sie noch lebte? Regentropfen prasseln gegen die Fenster. Ich ziehe mir die Bettdecke bis zu den Ohren hinauf und fange an zu lesen.

Melbourne, 18. Oktober 1950

Liebes Tagebuch,

heute ist mein 18. Geburtstag. Und du bist das Geschenk meiner allerbesten Freundin Elisabeth. Ich nenne sie meistens Liz. Sie meinte, dass ich von jetzt an alles aufschreiben soll, was Spannendes in meinem Leben passiert. Dann könne ich das später mal meinen vielen Enkeln vorlesen, und die würden staunen, welche Abenteuer ihre Oma erlebt hat. Naja, bis dahin ist zum Glück noch viel Zeit. Aber ein großes Abenteuer habe ich ja tatsächlich schon hinter mir. Das war als ich mit den Schneiders von Deutschland aus ans andere Ende der Welt gereist bin – vor knapp zwei Jahren. Ich erinnere mich noch genau daran, wie aufgeregt ich war, als wir in Bremerhaven aufs Schiff gingen. Mama, Papa und meine kleine Schwester Hannah standen am Kai und winkten mit weißen Taschentüchern. Mama weinte. Und mir kamen dann natürlich auch die Tränen, und ich war plötzlich gar nicht mehr sicher, ob ich da auf dem richtigen Dampfer war. Wörtlich genommen.

Aber als Frau Schneider mich gefragt hatte, ob ich nicht mitkommen wolle, wenn ihre Familie nach Australien auswandert, da erschien mir das Ganze wie der Anfang einer der Romane, die ich so gerne lese.

Ich hatte schon ein Jahr als Hausmädchen bei den Schneiders gearbeitet und mochte sie gerne. Im Gegensatz zu unserer Familie hatten sie richtig viel Geld. Und das wollten sie in Australien noch vermehren. Herr Schneider ist hier im Ölgeschäft und ständig unterwegs. Frau Schneider, meine Chefin, ist eine ziemlich elegante Frau. Sie spielt Tennis, gibt Dinnerpartys und trifft sich mit den Frauen von den Geschäftspartnern ihres Mannes. Um die Kinder kümmere ich mich. Karen ist vier und ein richtiger Sonnenschein, während ihr zwei Jahre älterer Bruder Paul ein echter Quälgeist sein kann. Zum Glück ist er jetzt in die Schule gekommen, und ich bin ihn ein paar Stunden am Tag los.

Ach ja: Wir wohnen in einem großen Haus am Stadtrand von Melbourne, und ich habe ein schönes, eigenes Zimmer, das so groß ist wie unser Wohnzimmer zu Hause in Hannover.

So schön es hier in Australien auch ist, ich vermisse Mama, Papa und Hannah schrecklich. Zu meinem Geburtstag heute haben sie mir ein Paket mit kleinen Geschenken geschickt. Mettwurst von unserem Fleischer um die Ecke, Pumpernickel von Bäcker Rüter und meine Lieblings-Vollmilchschokolade. Als ich die Mettwurst mit dem Pumpernickel probiert habe, musste ich sogar weinen, solch ein Heimweh hatte ich auf einmal. Nächstes Jahr kehre ich auf jeden Fall nach Hause zurück!

Melbourne, 26. Oktober 1950

Liebes Tagebuch,

jetzt habe ich Dich schon ein paar Tage in meinem Besitz und schreibe erst zum zweiten Mal. Schande über mich!

Liz hat mich schon gelöchert, ob ich jeden Abend etwas schreibe, und als ich dann herumgedruckst habe, war sie etwas beleidigt. Aber was soll ich auch groß schreiben? Bei mir passiert überhaupt nichts Aufregendes! Morgens helfe ich Mrs. Jones, der Haushälterin, beim Zubereiten des Frühstücks. Dann frühstücke ich zusammen mit den Kindern (Frau Schneider schläft dann immer noch, und Herr Schneider ist meist schon weg ins Büro) und bringe Paul zur Schule. Das ist nicht weit, wir gehen zu Fuß. Wenn ich zurück bin, spiele ich mit Karen, bis ich Paul wieder abhole. Dann essen wir zusammen Mittag. Nachmittags hält Karen ein Schläfchen und ich mache mit Paul Hausaufgaben. Manchmal muss ich auch helfen, das Haus sauber zu machen oder den Garten zu pflegen. Nach dem Abendbrot bringe ich die Kinder zu Bett, und dann habe ich frei!

Wenn es irgendwie geht, treffe ich mich dann mit Liz – bei ihr zu Hause, in meinem Zimmer (aber dann müssen wir immer sehr leise sein) oder in einer Eisdiele. Ziemlich langweilig, mein Leben, oder?

Melbourne, 10. November 1950

Liebes Tagebuch,

am letzten Sonntag war ich mit Liz am Strand. Wir hatten 28 Grad Celsius, und wir haben uns beide einen Sonnenbrand geholt. Ich habe ihr erzählt, dass wir in Deutschland im November schon mal Schnee hatten, und wie kalt es dort manchmal im Winter ist. Sie konnte sich das gar nicht vorstellen, sie hat noch nie Schnee gesehen. Noch ein paar Wochen, und dann ist schon wieder Weihnachten. Ich habe Heimweh. Dieses wird auf jeden Fall mein letztes Weihnachten in Australien. Nächstes Jahr fahre ich nach Hause – komme, was wolle. Ich freue mich so auf meine Familie!

Melbourne, 2. Dezember 1950

Liebes Tagebuch,

okay, ich weiß, ich habe dich wieder mal vernachlässigt. Aber diesmal hatte ich auch einen guten Grund dafür. Er heißt Rick und ist sooo süß! Liz meint, ich hätte mich wohl Hals über Kopf verliebt, und ich glaube, sie hat recht damit. Wie wir uns kennengelernt haben? Also Liz und ich waren wieder mal in unserer Lieblings-Eisdiele, als Rick – eigentlich heißt er Richard, aber alle sagen Rick – zusammen mit seinem Kumpel Mike am Nebentisch saß. Mike hat heimlich mit kleinen Kügelchen Kaugummipapier nach uns geworfen, und so kamen wir ins Gespräch. Mike hatte es ziemlich auf Liz abgesehen. Sie kann allerdings ausgesprochen schnippisch sein, wenn sie will, und hat ihn erstmal abblitzen lassen. Rick hat sich das Ganze ziemlich amüsiert angesehen und mir hin und wieder zugezwinkert. Dabei wurde mir schon ganz kribbelig im Bauch. Ich musste ihn die ganze Zeit ansehen, und wusste nicht was ich sagen soll.

Noch nie hat ein Junge solche Gefühle in mir entfacht. Aber natürlich habe ich auch noch nie so einen tollen Typen kennengelernt. Er sieht fast aus wie Marlon Brando, also einfach unvorstellbar gut. Seine Augen sind stahlblau, und wenn er mich ansieht, dann schmelze ich dahin. Das ist wirklich so wie in den vielen Liebesromanen, die ich gelesen habe. Aber dass mir das nun selbst passiert, hätte ich nie gedacht. Mike und Rick haben uns gefragt, ob wir Lust hätten, mal mit ihnen tanzen zu gehen. Ob wir Lust hätten! Ich könnte mir überhaupt nichts Besseres vorstellen!!!

Aber natürlich haben wir erstmal so getan, als ob wir schon ziemliche viele Verabredungen hätten und gut überlegen müssten, ob wir wirklich mit ihnen ausgehen wollen. Nach einigem hin und her haben wir dann aber doch zugestimmt (war ja klar!). Und jetzt sind wir am nächsten Samstag verabredet. Zum Tanzen. Hallelujah!

Melbourne, 10. Dezember

Liebes Tagebuch,

heute muss ich dir mal wieder meine Gedanken mitteilen, obwohl ich schon todmüde bin. Es ist ein Uhr nachts, und ich liege in meinem Bett bei den Schneiders. Erst vor ein paar Minuten hat Rick mich nach Hause gebracht, und ich musste ganz leise durchs Haus schleichen, um bloß niemanden zu wecken. Keine Ahnung, ob ich schlafen kann, mein Herz pocht immer noch wie verrückt. Ich glaube, für

Rick würde ich einfach alles stehen und liegen lassen. Er ist wirklich der Mann meiner Träume.

Seitdem wir uns neulich beim Tanzen zum allerersten Mal geküsst haben, ist es um mich geschehen. Und Rick liebt mich auch. Jedenfalls hat er mir gesagt, dass er noch nie so ein tolles Mädchen wie mich kennengelernt hat. Und wenn er mich dann so zärtlich ansieht, aber auch ein wenig herausfordernd, dann fangen alle Schmetterlinge wieder an zu flattern.

Liz freut sich zwar, dass ich so glücklich bin, aber sie ist auch etwas skeptisch. Sie meint, ich soll lieber etwas vorsichtig sein und nicht mein ganzes Herz in die Waagschale werfen. Als ob man das so einfach steuern könnte! Erst dachte ich, sie wäre eifersüchtig, weil es mit ihr und Mike einfach nur eine lockere Freundschaft ist. Und nicht Liebe wie bei mir und Rick. Aber Liz ist wirklich meine beste Freundin, sie hat gesagt, sie gönnt mir mein Glück von Herzen. Sie hat nur Angst, dass Rick auf einmal weg sein könnte. Er kommt nicht aus Melbourne, sondern aus Adelaide. Seit drei Jahren, seitdem er zwanzig ist, reist er durchs Land. Er will ganz Australien kennenlernen, hat er mir gesagt. Arbeit findet er immer, mal als Erntearbeiter, mal als Schafscherer, mal in einer Fabrik. Und manchmal sogar als Rodeoreiter. Mike hat mir erzählt, dass Rick ein fantastischer Reiter ist, er kommt mit jedem Pferd klar. Ich würde zu gerne mal zugucken, wenn Rick auf einem Rodeo reitet. Obwohl ich bestimmt auch ganz schön Angst um ihn hätte. Aber ich glaube, jetzt muss ich wirklich mal schlafen…

Melbourne, 1. Januar 1951

Liebes Tagebuch,

oder sollte ich besser sagen, Wochenbuch? Ich hatte wieder mal keine Zeit zu schreiben, zu viel ist passiert. Nun ist vor wenigen Stunden ein neues Jahr angebrochen, und stell dir bloß vor: Ich ging als Mädchen hinein, und bin jetzt eine Frau…

„Es“ ist tatsächlich in der Silvesternacht passiert. Rick und ich waren in einem Tanzlokal, ich hatte Sekt getrunken und einen kleinen Schwips. Der Abend war wunderschön. Wir haben getanzt und geredet, uns geküsst, und um Mitternacht hat Rick mir ins Ohr geflüstert, dass ich das schönste Mädchen der Welt sei und er immer mit mir zusammenbleiben möchte. Und dann hat er mich gefragt, ob ich die Nacht mit ihm verbringen will. Ich musste nicht lange überlegen. In Deutschland wartet man damit vielleicht bis zur Hochzeitsnacht, aber hier am anderen Ende der Welt? Ich finde, da gelten andere Regeln. Meine Familie ist weit weg, doch Rick ist hier.

Kurz nach Mitternacht verließen wir das Tanzlokal und schlichen uns in sein Zimmer, das er in der Gertrude Street gemietet hat. Rick war so zärtlich, wie man es sich nur wünschen kann. Wir schliefen erst ein, als es draußen zu dämmern begann. Und als die Morgensonne schon hoch am Himmel stand, erwachte ich in seinen braungebrannten Armen. Dort, wo ich nun für immer bleiben will.

Drück mir Daumen, liebes Tagebuch (ich weiß, das geht gar nicht, aber egal), dass wir für immer zusammenbleiben. Ich bin so glücklich wie nie zuvor!

***

Rick??? Aber mein Onkel hieß doch Will!!

Konsterniert lese ich die Lovestory meiner Tante und wundere mich. Wieso hatte sie ihre große Liebe nicht geheiratet? Meine Mutter hatte mir nie etwas von einem Rick erzählt. Solange ich denken kann, war immer nur von Onkel Will die Rede. Ich habe ihn nur ein einziges Mal gesehen, als die beiden eine Deutschland-Reise unternommen und uns dabei besucht hatten. Ich war noch ein Kind, und da Onkel Will nur Englisch sprach und ich mich kaum traute, mein spärliches Schulenglisch anzuwenden, hatten wir wenig miteinander gesprochen. Auf jeden Fall hatte ich aber den Eindruck, dass Tante Anne und Onkel Will eine glückliche Ehe miteinander führten. Zumindest eine harmonische, korrigierte ich mich in Gedanken. Denn was wusste ich in Wirklichkeit schon vom Gefühlsleben meiner Tante und meines Onkels?

Immer dreht sich alles um die Liebe, denke ich, und lege das Tagebuch zurück auf den Nachtisch. Wahrscheinlich hat Rick sie sitzen gelassen und aus lauter Frust hat sie dann Onkel Will geheiratet, um nicht alleine zu versauern. Zu gerne hätte ich mich jetzt mit meiner Tante über alles unterhalten. Ob sie es wohl bedauert hatte, Will geheiratet zu haben?

Tat es mir leid, Rainer geheiratet zu haben? Und jetzt von ihm geschieden zu sein? Ist es besser, alleine zu bleiben? Oder habe ich vielleicht alles falsch gemacht und sollte jetzt die Chance ergreifen, nochmal von vorne anzufangen?

Sabine würde mich erwürgen. Aber bei Sabine lief ja auch immer alles glatt. Seufzend wälze ich mich im Bett hin und her. Warum ist das Leben bloß so verdammt kompliziert?

9

„Auf jeden Fall fahren wir nach Cape Schanck, mein Kind. Dort wird es dir gefallen!“, hatte Tante Anne am Telefon gesagt, als wir unsere gemeinsame Reise planten. Ich kann mir zwar nicht viel unter diesem Cape vorstellen, aber es steht trotzdem heute auf meiner Route. Und der Weg ist zum Glück nicht allzu weit. Ans Linksfahren habe ich mich inzwischen bestens gewöhnt. Mittlerweile traue ich mich sogar, das Radio anzumachen. Das hatte ich mir aus Konzentrationsgründen anfangs verkniffen. Aber da ich mich beim Autofahren mit niemand unterhalten kann, singe ich lauthals die Radiosongs mit. Und freue mich über Sonnenschein und einen stahlblauen Himmel.

Cape Schanck liegt am südlichen Ende der Mornington Peninsula. Ich parke mein Auto in der Nähe des historischen Leuchtturms, ziehe eine Windjacke über und starte meinen Spaziergang auf dem Bushrangers Bay Nature Walk. Der Weg führt am Meer entlang, zwischen Eukalyptusbäumen und Riesenfarnen. Zwei Stunden gehe ich bis zur Spitze von Cape Schanck. Das Meer donnert mit voller Wucht an die Basaltklippen und Felsen. Ich habe das Gefühl, ich atme hier die reinste Luft der Welt. Am Cape selbst steige ich die Treppe zum Meer hinunter und setze mich auf die Felsen. Ich bin nicht die einzige, die die Natur und die warmen Strahlen der Sonne genießt. Rund 20 andere Urlauber legen hier eine Pause ein, schießen Fotos und lassen die Aussicht auf sich wirken.

Was für ein wunderschönes, wildes Land, denke ich, während der Wind mein Haar zerzaust und ich mich kaum vom Anblick der schäumenden Gischt losreißen kann. Ich scheine die einzige zu sein, die alleine hier ist. Doch im Gegensatz zu jenem Abend im Restaurant auf Phillip Island fühle ich mich kein bisschen einsam mehr. Irgendwie scheint dieser magische Ort ungeahnte Kräfte in mir freizusetzen. Ich fühle mich aufgeladen von der Energie der Sonne, des Windes und des Meeres. Gelassen und glücklich lächele ich den anderen Wanderern zu – und sie lächeln zurück.

Tante Anne hatte Recht gehabt. Dieser Ort am Ende der Welt gefällt mir ganz außerordentlich. Während die anderen Leute kommen, ein paar Worte mit mir wechseln und wieder gehen, bleibe ich einfach sitzen. Schließlich habe ich keinen Termin heute. Ich muss mich nach niemand richten, keine Kompromisse machen. Ein tiefes Gefühl von Frieden und Freiheit durchströmt mich. Wann hatte ich das zuletzt in Deutschland? – Ich kann mich nicht erinnern.

Alle Hotels meiner Reise hatte Tante Anne gebucht. Schließlich wollten wir die Tour ursprünglich zusammen unternehmen, und sie hatte wochenlang über der perfekten Route gebrütet. Als sie alles zusammen hatte, mailte sie mir unseren Reiseplan, damit ich mir alles in Ruhe zu Hause anschauen konnte. Und dann war sie gestorben.

Im ersten Moment wollte ich meinen Flug stornieren und alles über den Haufen werfen. Was sollte ich alleine in Australien? Aber dann überkam mich eines Tages das Gefühl, dass ich diese Reise unbedingt machen müsste. Es war schon fast wie ein innerer Zwang. Ich schrieb alle gebuchten Hotels an, bestätigte die Termine und meldete eine Person ab. Über die Route informierte ich mich mehr oder weniger überhaupt nicht. Ich wollte mich überraschen lassen. Und Überraschungen sollte es reichlich geben…

Meine heutige Übernachtung ist in den Blue Moon Cottages in Rye an der Küste vorgesehen. Nachdem ich dreimal dran vorbei gefahren bin, hab ich das Hotel endlich gefunden. Aber: es ist keiner da. Hektisches Nachblättern in meinen Unterlagen ergibt: es ist keiner da. Im Kleingedruckten der E-Mail steht, ich soll einen Code in einen Safe am Eingang eingeben, und dann soll ein Schlüssel für mein Cottage rausfallen. Okay, ich finde den Safe am Eingang des Hotels, aber es ist inzwischen stockdunkel und ich kann die Zahlenkombinationen nicht erkennen. Bullshit!!!

Gut, ich bin ja nicht blöd, parke meinen blauen Lancer vor dem Safe, Licht an, Zahlenkombination eingegeben, nichts passiert. Obwohl ich inzwischen schon voll in der australischen Stimmung bin - don‘t worry, be happy! - keimt eine leichte german Panikattacke in mir auf.

Alle anderen Cottages sind dunkel, und nur eines ist hell erleuchtet und der Fernseher läuft. Ich gehe also hin, um die Urlauber dort um Hilfe zu bitten. Blond german girl, wird ja wohl kein Problem sein. Aber: es ist keiner da. Tja, es ist nämlich mein Haus! Das weiß ich natürlich nur, weil ich irgendwann auch so einen Schlüsselsafe (mit Licht!) vor der Tür finde und - weil ich ja nichts anderes zu tun habe - meine Zahlenkombination eingebe. Prompt fällt ein Schlüssel raus. Immer noch halb in Erwartung, dass ein stinksaurer Urlauber herauskommt, gehe ich rein und finde einen Zettel: Dear Claudia, welcome to the Blue Moon Cottages!!

Wann war ich zuletzt so froh? - Die Hütte ist toll! Alles im country-style in blau und weiß eingerichtet. Die Heizung läuft, es ist warm. Und auf dem Tisch steht eine Flasche Wein. Um die Ecke gibt es einen Supermarkt, wo ich mich mit ein paar Lebensmittel eindecke. Und dann mache ich es mir gemütlich. Für morgen habe ich einen faulen Tag am Strand eingeplant, also kann ich es locker angehen lassen. Ich lade die Fotos von meiner Kamera auf meinen Laptop, um wieder Platz auf der Speicherkarte zu haben. Ich checke meine E-Mails und schreibe Grüße an die Familie. Und plötzlich klingelt mein Handy.

„Hi Claudia. Wie geht es dir? Alles okay?“, fragt David.

Ich hasse mich dafür, dass mein Herz von einer Sekunde zur anderen doppelt so schnell schlägt. Wollte ich mir diesen Typen nicht ein für allemal aus dem Kopf schlagen?

„Hi David, alles gut. Ich liebe Australien! Heute war ich in Cape Schanck und es war einfach unglaublich. Ich habe so tolle Fotos gemacht, es war wunderschön!“

„Ehrlich? Ich habe es gar nicht in so guter Erinnerung. Vielleicht sollte ich es mir mal wieder anschauen. Nächstes Mal fahren wir zusammen hin!“

Das trägt nun nicht gerade dazu bei, meinen Herzschlag zu beruhigen. Ich spüre, wie sich ein Dauergrinsen in mir ausbreitet.

„Okay, da können wir drüber reden. Bist du noch in Sydney?“

Davids Stimme klingt müde. „Leider ja. War ein langer Tag heute. Die anderen verhandeln hart. Aber ich will den Auftrag unbedingt haben. Es geht um ziemlich viel Geld. Morgen haben wir nochmal ein Meeting und dann wird sich alles entscheiden."

Auf einmal komme ich mir ziemlich naiv vor. Wie konnte ich denken, dass ein erfolgreicher Geschäftsmann wegen ein paar Urlaubstagen mit einer Fremden einen so wichtigen Deal platzen lässt? Es tut mir leid, dass ich an David gezweifelt habe. Und ich habe solche Sehnsucht nach ihm.

„Ich drücke dir ganz doll die Daumen, dass morgen alles gut läuft. Es klappt garantiert!", sage ich und lege dabei alle Zuversicht in meine Stimme.

David lacht. „Na, dann muss es ja klappen."

Seine Stimme klingt zärtlich, als er sagt, dass er mich vermisst. „Wo fährst du eigentlich als nächstes hin?", will er dann wissen.

„Zur Great Ocean Road!", sage ich stolz.

Die über 200 Kilometer lange Küstenstraße zwischen Torquay und Allansford gilt als eine der schönsten Küstenstraßen der Welt. Von Anfang an hatte ich die Fahrt auf ihr als ein besonderes Highlight meiner Reise angesehen. Und ich wollte mir dafür auch ruhig einige Tage Zeit lassen.

„Das wird dir gefallen", sagt David. „Auf der Great Ocean Road kommst du durch zahlreiche schöne Küstenorte. Einer von ihnen ist Lorne. Da habe ich ein Ferienhaus. Vielleicht könnten wir uns da noch treffen? Wenn ich aus Sydney zurück bin, muss ich erst in die Firma. Aber dann könnte ich versuchen, nach Lorne zu kommen."

„Oh David, das wäre ja super!“ Ich könnte jetzt direkt tanzen vor Freude, aber natürlich reiße ich mich damenhaft zusammen.

„Da fällt mir noch was ein“, entgegnet David, der auf einmal gar nicht mehr müde klingt.

„Du magst doch Tiere, hast du gesagt. Hättest du Lust, dir eine Auffangstation für Wildtiere anzusehen? Sie liegt ganz in der Nähe der Great Ocean Road. Ich kenne die Leute da und könnte einen Termin für dich vereinbaren.“

„Ja!! Mach das! So etwas würde ich mir furchtbar gern ansehen.“

Wir unterhalten uns noch ein bisschen, und fünf Minuten nachdem wir aufgelegt haben, schickt David mir eine sms:

Die Great Ocean Eco-lodge erwartet dich übermorgen um 14 Uhr. Aber fahre dort bitte wieder los, bevor die Dämmerung hereinbricht. Ich möchte nicht, dass dir etwas passiert!

Ist er nicht süß?, frage ich mich selbst noch gefühlte hundert Mal an diesem Abend. Obwohl er so viel um die Ohren hat, macht er sich Gedanken darum, dass ich heile nach Hause komme. Irgendwie fühle ich mich gerade ziemlich gut.

Hände vor die Brust. Hände nach oben. Dann an die Füße. Rechtes Bein zurück, Knie am Boden. Links Bein zurück, Stütz, Luft anhalten. Kobra. Herabschauender Hund. Linker Fuß zwischen die Hände, rechtes Knie am Boden. Rechter Fuß zurück zwischen die Hände, Vorwärtsbeuge. Aufrichten, nach oben schauen, Hände vor die Brust. Guten Morgen, lieber Tag!

Noch bevor ich mir den ersten Kaffee einschütte, beginne ich den Tag mit ein paar Sonnengrüßen, einigen Asanas, an denen sich mein Körper längst gewöhnt hat. Und mit deren Hilfe er jetzt muskulös und biegsam ist.

Yoga geht überall. Das ist das Gute. Man braucht keine besondere Kleidung, keine Geräte, keine Musik und nur wenig Platz. Ich habe nur Unterwäsche an und mir eine Decke aus dem Cottage auf den Fußboden gelegt. 20 Minuten mache ich meine Übungen, dann lege ich mich auf den Rücken, lasse alles los und schließe die Augen für die Endentspannung. Ich atme ruhig und gleichmäßig und stelle mir dabei vor, dass ich alle Muskeln lockere. Dass alle Organe wie am Schnürchen arbeiten, dass eine innere Sonne meinen Körper wärmt. Schon nach wenigen Sekunden spüre ich, wie die Energie durch mich hindurch flutet, wie sie prickelt, mich mit Kraft auflädt.

Das wird ein toller Tag. So gut habe ich mich wahrscheinlich noch nicht mal mit 20 gefühlt.

Ich schalte das Radio an, brühe mir einen Kaffee, toaste ein Brötchen und schmiere mir dick Erdbeermarmelade drauf. Schade, dass es nicht mehr warm genug ist, um im Meer zu baden oder im Bikini am Strand zu liegen. Aber dafür werde ich heute einen langen Spaziergang am Strand unternehmen. Das Meer liegt gleich auf der anderen Straßenseite von meinem Cottage. Ich laufe den ganzen Morgen durch den weißen Sand, esse mittags ein Fisch-Sandwich und kehre erst am Nachmittag in meine gemütliche Hütte zurück. Inzwischen wird es draußen schnell dunkel, der Herbst ist eingezogen in Australien. Ich knipse die Lichter im Haus an, koche mir eine Tütensuppe und öffne eine Flasche Rotwein. Jetzt möchte ich wissen, wie es weitergeht im Leben meiner Tante Anne. Ich krame ihr Tagebuch aus meinem Koffer, lege mich aufs Sofa und fange an zu lesen.

Melbourne, 3. Februar 1951

Liebes Tagebuch,

heute ist der erste Tag, an dem Rick fort ist. Ich kann es immer noch nicht fassen, aber ich tröste mich damit, dass wir uns bald wiedersehen werden. Die letzten Wochen waren wir unzertrennlich. Sobald ich frei hatte, verließ ich das Haus der Schneiders und holte Rick von der Arbeit in der Fabrik ab. Meistens fuhren wir dann in seinem alten Pickup an den Strand und gingen schwimmen. Oder wir trafen uns mit Freunden, gingen ins Kino oder zum Tanzen. Manchmal habe ich schon gedacht: Anne, das ist jetzt vielleicht die schönste Zeit in deinem Leben. Aber das ist ja Quatsch. Es kommen bestimmt noch viele schöne Dinge, zum Beispiel wenn Rick und ich heiraten, wenn wir ein Haus bauen und unsere Kinder großziehen. Dann muss ich auch unbedingt meine Eltern und Hannah einladen, damit sie hierher kommen und sehen, was für ein tolles Leben ihre „Große“ hat.

Aber erstmal muss ich nun eine kurze Zeit ohne meinen Rick auskommen. Er hatte Streit mit seinem Chef in der Fabrik, und der Blödmann hat ihn gekündigt. Rick hatte aber sowieso die Nase voll von der Fabrikarbeit. Er will jetzt in die Gegend von Canberra und versuchen, dort Arbeit auf einer Farm zu bekommen. Sobald er etwas Festes hat, kann ich nachkommen. So lange soll ich bei den Schneiders bleiben, immerhin habe ich hier ein schönes Zimmer, Essen und verdiene auch etwas Geld. Ich hoffe, Rick findet schnell ein schönes Zuhause für uns beide.

Melbourne, 20. März 1951

Liebes Tagebuch,

ich habe meinen Koffer gepackt, morgen geht es los. Ich hoffe so sehr, dass alles gut wird. Ich habe es noch niemanden gesagt, und fast habe ich Angst es zu schreiben. Denn was man schwarz auf weiß hat, ist auch wahr, oder? Also: Ich bin schwanger. Ja, du hast richtig gehört: Ich bekomme ein Kind von Rick. Noch kann niemand etwas sehen, aber ich weiß Bescheid. Als meine Tage immer länger ausblieben, bin ich zum Arzt gegangen und der hat es mir bestätigt. Ich bin in der zehnten Woche. Und weißt du was: Ich freue mich wie verrückt! Ich habe es Liz noch nicht erzählt, weil die mich für wahnsinnig erklären würde. Schließlich bin ich ja erst 19 und nicht verheiratet, und jetzt ist Rick auch noch weggegangen. Aber er hat mich ja nicht vergessen. Wir schreiben uns regelmäßig, und in seinen Briefen schreibt er auch jedes Mal, dass er mich liebt. Leider hat er noch keinen festen Job gefunden, deswegen wohne ich immer noch bei den Schneiders. Morgen fahre ich mit dem Zug nach Canberra. Zu Rick. Ich will ihm persönlich sagen, dass er Vater wird. Dass wir ein Kind bekommen. Ich bin so stolz und glücklich! Er wird sich bestimmt riesig freuen. Und wenn nicht?, fragt manchmal ein kleines Teufelchen in mir. Aber das kann ich mir nicht vorstellen. Ich kenne meinen Rick, er wird sich freuen.

Den Schneiders habe ich gesagt, dass ich ein paar Tage Urlaub haben möchte, um mir endlich mal die Hauptstadt von Australien anzusehen. Sie haben zwar ein wenig erstaunt geguckt. Aber ich glaube, sie finden das gut. Ich bin so aufgeregt. Es ist das erste Mal, dass ich ganz alleine eine so weite Reise machen werde. Es sind fast 700 Kilometer. Vom Bahnhof in Canberra werde ich einen Bus nehmen, um zu der Farm zu gelangen, auf der Rick jetzt arbeitet. Hoffentlich geht alles gut!

Melbourne, 3. April 1951

Liebes Tagebuch,

ich bin zurück bei den Schneiders in Melbourne. Während ich dies schreibe, liege ich auf meinem Bett, das ich in den letzten Tagen kaum verlassen habe. Seitdem ich aus Canberra zurück bin, habe ich fast nur geweint. Jetzt habe ich keine Tränen mehr, und fühle mich nur noch seltsam leer. Herr und Frau Schneider werfen mir mitleidige Blicke zu, und die Kinder finden mich komisch. Elisabeth war ein paar Mal da und wollte mich sprechen, aber ich habe sie von Mrs. Jones abwimmeln lassen. Ich kann einfach nicht darüber sprechen. Nur dir werde ich jetzt anvertrauen, was passiert ist. Was mein Leben zerstört hat.

Meine Zugfahrt nach Canberra verlief reibungslos. Ich war so voller Vorfreude, Rick wieder zu sehen. Während die Landschaft am Fenster vorbeiflog, habe ich mir tausend Varianten ausgedacht, wie ich Rick die freudige Botschaft überbringen würde. Am Bahnhof in Canberra habe ich wie geplant auf den Bus zur Farm gewartet. Bevor er losfuhr, habe ich auf der Farm angerufen und mit der Frau des Besitzers, Mrs. Martin, gesprochen. Ich sagte ihr, dass ich die Verlobte von Rick sei, was zwar ein wenig geflunkert war, sich aber besser anhörte. Dann erzählte ich ihr, dass ich auf dem Weg zur Farm sei und Rick überraschen wolle, und wie ich denn wohl von der Bushaltestelle zu ihnen hinaus käme. Im Nachhinein gesehen hätte mir eigentlich gleich auffallen sollen, dass sich die Frau reichlich merkwürdig verhalten hatte. Sie hat bestimmt drei- oder viermal ‚Oh mein Gott‘ gesagt und hörbar die Luft angehalten. Dann hat sie sich aufgeschrieben, mit welchem Bus ich komme, und gesagt, dass mich jemand an der Bushaltestelle abholen würde.

Das war dann auch so. Ihr Mann Jim hat mich selbst erwartet und begrüßt, und dann sind wir seltsam schweigsam zur Farm gefahren. „Lass uns erstmal in die Küche gehen“, sagt Mr. Martin zu mir, und ich dachte mir, dass Rick vielleicht gar nicht da sei, sondern irgendwo einen Zaun reparierte oder nach den Rindern sah. Allerdings hatte ich da schon irgendwie ein flaues Gefühl im Magen.

„Möchtest du nicht vielleicht erst mal einen Kaffee trinken oder einen Tee?“, fragte Mrs. Martin. Ich wäre am liebsten gleich zu Rick gelaufen, wollte aber nicht unhöflich sein. Deswegen entschied ich mich für einen Kaffee. Als Mrs. Martin sich umdrehte, um mir den Kaffee einzuschenken, schluchzte sie plötzlich auf. Ihr Mann warf ihr einen ärgerlichen Blick zu, und mir krampfte sich zum ersten Mal so richtig das Herz zusammen. Irgendetwas stimmte hier ganz und gar nicht, das wurde mir auf einmal schlagartig bewusst.

„Wir müssen es ihr jetzt sagen, Jim“, wandte sich Mrs. Martin an ihren Mann.

Ja, und so erfuhr ich dann, dass Rick seit zehn Tagen tot war. Er war bei einem Rodeo vom Pferd gefallen und hatte dabei einen unglücklichen Hufschlag abbekommen.

„Er ist sofort tot gewesen. Er musste nicht leiden. Das hat uns der Arzt im Krankenhaus versichert“, sagte Mr. Martin, während ich ihn nur fassungslos anstarrte. Was als Nächstes geschah, kann ich nicht mehr so genau sagen. Ich hörte die Stimmen des Farmer-Ehepaars plötzlich nur noch gedämpft, sah alles wie durch einen Nebel. Das kann nicht sein, dachte ich immer nur. Aber ich wusste da bereits, dass mein Leben nie mehr so sein würde, wie es war und wie ich es mir erhofft hatte.

Die Martins flößten mir ein großes Glas Schnaps ein. Ich muss wohl kreidebleich gewesen sein. Und was dann passiert ist: keine Ahnung. Ich kann mich wirklich nicht mehr erinnern. Irgendwie bin ich zurückgekommen nach Melbourne, ein paar Tage später. Ich bin wie eine Schlafwandlerin in mein Zimmer gegangen und habe nur noch geschlafen. Frau Schneider hat sich Sorgen gemacht. Sie klopfte immer wieder an meine Tür, hat mir ein Tablett mit Essen gebracht und wollte wissen, was los sei. Schließlich habe ich es ihr erzählt. Alles. Sie hat mich ziemlich entsetzt angestarrt, aber dann hat sie gesagt, ich solle mir keine Sorgen machen. Sie würde mir helfen, alles werde wieder gut. Aber das glaube ich nicht. Nichts wird je wieder gut werden.

***

Mein Handy klingelt. Nur widerwillig lege ich das Tagebuch beiseite und schüttele ungläubig den Kopf. Nie hatte jemand aus meiner Familie diese furchtbare Geschichte von meiner Tante erzählt. Es muss schrecklich für sie gewesen sein. Ich schaue aufs Display und sehe, dass entweder meine Mutter oder mein Vater am Telefon ist. Sie müssen gerade aufgestanden sein, in Deutschland ist noch früher Morgen.

„Hallo!! Alles in Ordnung zu Hause?“

„Wie immer. Und es ist schön, deine Stimme mal wieder zu hören", sagt Mama. Sie hat meine E-Mail mit den Känguru-Fotos aus Healesville zwar bekommen, wollte aber unbedingt mal wieder mit mir sprechen.

„Bist du in Annes Haus gewesen? Und hast du Elisabeth kennengelernt?"

„Ja klar, das Haus ist wunderschön. Ich habe sogar in Tante Annes Bett geschlafen. Ihr ganzes Zimmer ist voll mit Familienfotos, vor allem von uns und von Oma und Opa."

Mama seufzt. „Ja, ich glaube Anne hat immer großes Heimweh nach uns und nach Deutschland gehabt. Als ich noch ein Kind war, habe ich mir immer gewünscht, meine große Schwester käme zurück nach Hause. Aber nachdem sie Will kennengelernt hatte, war das Thema erledigt. Und bei dieser riesigen Entfernung konnten wir uns dann leider nur sehr selten sehen."

„Sag mal, hat Tante Anne eigentlich mal etwas von einem anderen Mann erzählt? Von einem gewissen Rick?"

Pause am anderen Ende der Welt. Ich sehe direkt vor mir, wie meine Mutter die Stirn runzelt und überlegt.

„Nein, nie. Nicht, dass ich wüsste. Wieso, wie kommst du darauf?"

„Und sie hatte doch auch keine Kinder, oder?"

„Nein", antwortet meine Mutter entschieden. „Das war wirklich die große Tragödie ihres Lebens. Sie hatte sich so sehr welche gewünscht. Aber es sollte nicht sein. Sie hatte wohl mehrere Fehlgeburten, auf jeden Fall hat es nie geklappt. Besonders hatte sie sich, glaube ich, ein Mädchen gewünscht. Deswegen war sie immer besonders vernarrt in dich. Sie wollte immer alles über dich wissen, wofür du dich interessierst, wer deine Freundinnen sind, welche Musik du hörst, mit welchen Jungs du ausgehst. Bis zuletzt hat sie von der Ferne aus an deinem Leben teilgenommen, als ob du ihre eigene Tochter wärst. Es ist wirklich ein Jammer, dass ihr beide diese Reise nicht mehr zusammen machen konntet."

„Ja, das ist wahr. Aber irgendwie habe ich oft den Eindruck, sie ist trotzdem hier. Sie hatte unsere Route ja bis ins Detail geplant. Und es ist so erstaunlich, wie sie im Voraus genau die Orte und Dinge ausgewählt hat, die mir neues Selbstvertrauen geben. So wie die Ballonfahrt im Yarra Valley. Oder dieses wunderschöne, gemütliche Cottage am Meer. Ich habe nicht das Gefühl, das all dies ein Zufall ist."

„Kind, jetzt mach mir hier keine Angst mit übernatürlichen Sachen. Außerdem muss ich dir noch ganz schnell etwas erzählen. Rate, wer uns gestern besucht hat???"

„Keine Ahnung!"

„Rainer war hier. Er wollte wissen, ob du wirklich in Australien bist oder nur einen Scherz mit ihm gemacht hast. Und dann wirkte er doch ziemlich besorgt um dich, dass du da so ganz alleine unterwegs bist. Und er soll sich auch von seiner Freundin getrennt haben, sagte er jedenfalls. Eigentlich ist er ja ganz nett. Schade, dass es mit euch beiden nicht geklappt hat…"

Dann heirate du ihn doch, denke ich und spüre, wie leiser Ärger in mir hochsteigt. Was hatte der Idiot bei meinen Eltern zu suchen?

Als ich nichts sage, redet meine Mutter schnell weiter.

„Naja, ist ja auch egal. Jetzt steht dein Vater vor mir und tritt schon von einem Bein aufs andere. Er möchte dir auch noch schnell Hallo sagen.“

Also verabschiede ich mich von meiner Mutter, spreche noch kurz mit meinem Vater und lege dann auf. Rainer verbanne ich aus meinen Gedanken. Vielmehr interessiert mich die Sache mit meiner Tante. Warum hatte sie keinem aus der Familie von ihrer großen Liebe erzählt? Ich schenke mir noch ein Glas Rotwein ein und lese weiter.

Gold Coast, 25. Juli 1951

Liebes Tagebuch,

nun lebe ich schon seit ein paar Wochen in Gold Coast, einer Stadt an einem wunderschönen Strand in Queensland. Manchmal gehe ich zum Meer und sehe den Surfern zu, wenn sie elegant auf den Wellen reiten. Meistens bin ich dann alleine, aber manchmal nehme ich auch Karen und Paul mit und passe auf sie auf. Auf dem Heimwege spendiere ich ihnen meist noch ein Eis und plaudere ein bisschen mit dem Mädchen in der Eisbude. Sie heißt Eve, ist ungefähr in meinem Alter, und wir verstehen uns ganz gut. Mein Bauch ist schon ziemlich rund geworden. Ich kann spüren, wie sich das Baby in mir bewegt, und ich frage mich, ob es ein Junge oder ein Mädchen wird. Ob es aussieht wie Rick, den Vater, den es niemals kennenlernen wird? Alles was mir von ihm geblieben ist, ist ein Foto, das Elisabeth von uns geschossen hat, und das ich nun immer mit mir herumtrage.

Liz weiß noch immer nicht, dass ich ein Kind bekommen werde. Kurz nachdem ich nach Melbourne zurückkehrte, ist Frau Schneider mit mir, Mrs. Jones und den beiden Kindern nach Queensland abgereist. Wegen der „Luftveränderung" hieß es offiziell. Herr Schneider bleibt in Melbourne wegen seiner Arbeit. Und wir bleiben in Queensland bis mein Baby da ist. Meinen Eltern habe ich noch nichts von allem geschrieben. Sie haben gefragt, ob ich nicht bald wieder nach Hause kommen will. Ich weiß nicht, was ich antworten soll. Wahrscheinlich sollte ich mir besser Gedanken machen, wo ich als ledige Mutter bessere Chancen hätte, ein normales Leben zu führen – in Deutschland oder in Australien? Und wo hätte es mein Kind besser? Aber im Moment bin ich dazu noch nicht in der Lage. Mir ist fast alles egal. Ich muss nur immerzu an Rick denken, und dass er jetzt nicht mehr da ist. Ich hasse Rodeos.

Gold Coast, 30. September 1951

Liebes Tagebuch,

heute bin ich zum ersten Mal wieder in der Lage, ein paar Sätze zu schreiben. Dr. Adams hat gesagt, sie würden die Dosis der Medikamente jetzt langsam herunterfahren. Am liebsten würde ich alle Pillen auf einmal schlucken und nie wieder aufwachen. Aber ich stehe unter Beobachtung. Ich liege in meinem Bett und schlafe fast den ganzen Tag. Sobald ich aufwache, sitzt jemand bei mir, meist Mrs. Jones. Die ersten Tage hatte sie immer rotgeweinte Augen, jetzt sieht sie schon etwas besser aus. *Was ist passiert?,* habe ich sie einmal gefragt, und sie hat ungläubig erwidert „Das weißt du nicht?“. Und dann fing sie wieder an zu weinen.

Ich kann das leider nicht mehr, das Weinen, meine ich. Vielleicht habe ich schon alle Tränen für Rick aufgebraucht. Vielleicht liegt es auch an den Tabletten. Das Denken fällt mir schwer, das Sprechen erst recht. Deswegen werde ich mich jetzt auch kurz halten.

Ich habe ein kleines Mädchen bekommen. Es ist am 24. September um 6 Uhr morgens hier in unserem Ferienhaus in Gold Coast zur Welt gekommen. Die Geburt hat lange gedauert, aber als ich die Kleine endlich in meinen Armen hielt, waren alle Schmerzen vergessen. Sie war so unfassbar süß. Ich habe sie Ricarda genannt. Seit Ricks Tod war ich nicht mehr so glücklich und stolz gewesen. Irgendwann ist Mrs. Jones gekommen und hat mir die Kleine abgenommen, weil ich so müde war und ein paar Stunden schlafen sollte. Den Rest weiß ich nur von Mrs. Jones, ich kann mich nicht erinnern.

Sie sagte mir, dass Ricarda in ihrem Bettchen lag und plötzlich nicht mehr geatmet habe. Sie haben Dr. Adams gerufen, aber er konnte auch nichts mehr tun. Außer, mich außer Gefecht zu setzen. Als Frau Schneider mir gesagt hat, dass Ricarda tot ist, habe ich hier wohl alles zusammen geschrien und randaliert. Dr. Adams hat mir eine Spritze gegeben. Wenn ich aufwachte, bekam ich etwas zu trinken und schlief danach wieder ein. Jetzt sind Tage vergangen. Sie haben Ricarda beerdigt. Am Rande des Friedhofs, weil sie noch nicht getauft war. Ich möchte auch dorthin, unter die Erde, nur noch schlafen. Am liebsten sofort.

Melbourne, 2. August 1953

Liebes Tagebuch,

gestern habe ich dich wiedergefunden. Du lagst zusammen mit einem Haufen Büchern in einer der großen Umzugskisten, die ich in unserem neuen Haus ausgepackt habe. Aber da ich hier ewig nicht geschrieben habe, sollte ich vielleicht eine Kurzversion der letzten zwei Jahre aufschreiben?

Nachdem ich meine kleine Ricarda verloren hatte, zog ich irgendwann mit Familie Schneider zurück nach Melbourne. Ich erledigte meine Aufgaben so gut es eben ging, aber ich fühlte mich schrecklich. Frau Schneider hat mich gefragt, ob sie mit meinen Eltern reden soll und ob ich nicht vielleicht wieder zurück nach Hause wollte. Ich schüttelte einfach nur den Kopf und sagte gar nichts. Hätte ich ihnen vielleicht sagen sollen, dass ich auch einfach nur sterben wollte?

Schließlich war es Elisabeth, die mich nach und nach aus diesem tiefen Tal herausholte. Wie froh ich sein kann, eine solche Freundin zu haben!

Nachdem sie die ganze Geschichte erfahren hatte, kam Liz jeden Tag ins Haus der Schneiders und versuchte, mich irgendwie aufzumuntern. Die Arme, es dauerte lange.

Irgendwann hatte sie mich dann tatsächlich soweit, dass ich mit ihr ausgegangen bin. Liz war inzwischen mit Howard verlobt, und beide schleppten einen Freund Howards nach dem anderen an, um ihn mit mir bekannt zu machen. So lernte ich irgendwann Will kennen.

Er ist ein guter Mann. Ehrlich, fleißig und ein bisschen schüchtern. Er arbeitet bei einer Bank. Vor einer Woche haben wir geheiratet. Es war nur eine kleine Feier, wir haben ja beide noch nicht viel Geld. Meine Familie aus Deutschland konnte leider nicht kommen, der Flug wäre zu teuer gewesen. Aber meine Eltern haben versprochen, nach Australien zu reisen, sobald ihr erstes Enkelkind da ist. Will und ich leben in einem kleinen Haus am Stadtrand von Melbourne. Wir haben es gemietet und wollen es vielleicht einmal kaufen. Ich arbeite in einem Blumengeschäft ganz in der Nähe. Wenn ich schwanger bin, soll ich aufhören zu arbeiten, sagt Will. Er möchte, dass ich mich später ganz um die Familie kümmere. Ich habe nichts dagegen.

***

Plötzlich heult der Wind um mein Cottage. Die Temperatur ist merklich gesunken. Ich hatte am Nachmittag vergessen, die Heizung wieder einzuschalten. Fröstelnd ziehe ich mir die Sofadecke hoch bis zu den Schultern und nehme noch einen Schluck Rotwein. Die Geschichte meiner Tante nimmt mich mehr mit, als ich mir eingestehen möchte.

Immerhin hatte ich mir selbst immer Kinder gewünscht. Aber in ganz jungen Jahren hatte ich einfach die falschen Partner gewählt, und als ich dann mit Rainer zusammen war, wollte es nicht klappen. Irgendwann schlug ich ihm vor, ein Kind zu adoptieren. Doch das kam für ihn nicht in Frage. Er kannte plötzlich etliche Beispiele von Bekannten, die ein fremdes Kind angenommen hatten, und sich damit ohne Ende Probleme eingehandelt hatten. Schließlich war das Thema irgendwann vom Tisch. Das Leben ging weiter, wir redeten nicht mehr über die Sache mit dem Kinderkriegen. Doch für mich war sie nicht vergessen. Ich beneidete sämtliche Freundinnen, die Mütter waren, um ihre Kinder. Und manchmal stellte ich mir selbst die Frage, ob es mit einem anderen Partner vielleicht doch mit einem Baby geklappt hätte.

Als ich darüber nachdenke, fühle ich mich ziemlich allein in meinem sturmumtosten Cottage am anderen Ende der Welt. Seufzend greife ich noch einmal zum Tagebuch, unschlüssig, ob ich die traurige Geschichte jetzt noch weiterlesen soll. Da fällt mir das Buch aus der Hand und landet auf dem Fußboden. Als ich es aufheben will, sehe ich, dass etwas herausgefallen ist. Ich greife nach einem vergilbten Papier mit gezacktem Rand und drehe es um.

Das s/w-Foto hat einen kleinen Riss und wirkt, als hätten Finger unzählige Male hinüber gestrichen.

Es zeigt einen Rodeoreiter auf einem bockenden Pferd. Obwohl er augenscheinlich auf einem richtigen Feuerstuhl zu sitzen scheint, strahlt der Mann mit blitzenden Augen in die Kamera. Tatsächlich, er hat eine gewisse Ähnlichkeit mit Marlon Brando.

11

Am nächsten Morgen jogge ich eine halbe Stunde am Strand entlang, dusche, frühstücke schnell und packe meine Sachen. Ich will nach Sorrento fahren und eine frühe Fähre hinüber zur Great Ocean Road erwischen. Ich komme genau 500 Meter weit. Dann macht es ‚Puff!‘ und alle Luft entweicht aus dem linken Vorderrad. Ich steige aus dem Auto und betrachte missmutig den platten Reifen. Den letzten Platten hatte ich vor ungefähr 25 Jahren, und da hatte mir ein Bekannter den Reifen gewechselt. Ein steht fest: ich kann das auf keinen Fall selber machen.

Aber leider hält auch niemand an. Also schließe ich erstmal ab und gehe die Hauptstraße entlang bis zum nächsten Shop, der geöffnet hat. Eine junge Verkäuferin zuckt bedauernd mit den Schultern als ich ihr meine Misere schildere, meint dann aber, dass es bis zur nächsten Tankstelle nur ein paar hundert Meter sind. Was bleibt mir anderes übrig? Ich quäle den armen Mietwagen mehr oder weniger im Schritttempo bis zur Tankstelle und frage den Besitzer, ob er mir den Reifen wechseln kann. Er guckt sich die Sache stirnrunzelnd an, schüttelt den Kopf und geht wieder rein.

Meine Güte, das kann doch nicht wahr sein! Bis jetzt waren alle Australier, die ich getroffen hatte, supernett, und jetzt so etwas. Ich dackel dem Tankwart wieder hinterdrein und frage ihn, was ich jetzt denn wohl tun soll?

„Don't worry!", sagt er gelassen, grinst mich an und greift zum Telefon. Irgendwie verfolgt mich dieser Ausdruck, und so völlig relaxt bin ich schon wieder nicht. Immerhin entspanne ich mich etwas, als ich höre, dass der Tankwart offenbar eine Reparaturwerkstatt anruft und jemanden herbestellt, der den Reifen wechseln soll.

„Wird aber etwas dauern, bis er kommt", brummt der Tankwart und widmet sich dann anderen Kunden. Ich verziehe mich wieder zu meinem Lancer und warte. Irgendwann taucht ein Pick-up von einer Reparaturwerkstatt auf. Ein Mann steigt aus, besieht sich die Sache, öffnet den Kofferraum, guckt nach dem Ersatzreifen, schüttelt düster den Kopf und sieht mich an.

„Der Ersatzreifen ist nur für den Notfall geeignet. Damit können Sie höchstens ein paar Kilometer fahren. Aber ich könnte Ihnen den anderen Reifen flicken. Soll ich das machen?"

Ich nicke. Was bleibt mir anderes übrig? Am Ende dauert die Sache den ganzen Vormittag. Zuerst wechselt der Mann den Reifen, dann folge ich ihm zu seiner Werkstatt. Er flickt den anderen Reifen und zieht ihn wieder auf. Als ich endlich an der Queenscliff-Fähre bin, ist es Mittag. Um zwei Uhr soll ich an der Great Ocean Eco-lodge sein, hatte David mir gesagt. Würde ich das überhaupt schaffen?

Zum Glück dauert die Fährüberfahrt nicht lange. Ich esse ein Sandwich auf dem Schiff und beschließe, die Great Ocean Road so schnell wie möglich bis zur Eco-lodge zu fahren. Dafür würde ich mir in ein paar Tagen auf dem Rückweg nach Melbourne dann umso mehr Zeit lassen. Und vielleicht könnte ich ja wirklich noch einen Zwischenstopp in Davids Ferienhaus in Lorne einlegen. Irgendwie würde schon alles klargehen.

Mein Plan geht soweit auf. Obwohl Australiens berühmteste Küstenstraße alle paar Kilometer geradezu nach einem Stopp schreit, so spektakulär sind die Ausblicke aufs Meer, auf weite Strände und wilde Küsten.

Die Great Ocean Ecolodge liegt im Cape Otway Nationalpark, nahe der Great Ocean Road, jedoch ein kleines Stückchen ins Landesinnere. Ich fahre durch einsames Buschland, und obwohl ich mich nun fast wieder mit meinem Navi angefreundet habe, lässt es mich jetzt erneut im Stich. Ich düse fröhlich an der kleinen Straße vorbei, die zur Lodge geführt hätte, und stelle erst etliche Kilometer später fest, dass ich mal wieder falsch bin. Ausgerechnet jetzt, wo ich sowieso schon so spät dran bin. Ärgerlich wende ich das Auto und fahre wieder in den riesigen Wald, entdecke tatsächlich ein kleines Schild und finde endlich mein Ziel – fast drei Stunden zu spät.

Wie sich herausstellt, ist das aber nicht so schlimm. Das Paar, das die Lodge betreibt, ist gar nicht da. Dafür soll mich Tim, ein Student aus den USA, der auf Lodge ein Praktikum betreibt, auf der Anlage herumführen.

Während wir das Haupthaus, das auch ein kleines Hotel beherbergt, verlassen, erzählt er mir, dass die Great Ocean Ecolodge ein uneigennütziges Unternehmen ist, das vom Conservation Ecology Centre gegründet wurde. Alle Gewinne der Ecolodge werden in den Schutz wildlebender Tiere investiert. Es wird viel für die Umwelt getan.

„Wir nutzen Sonnenenergie und Regenwasser, und in der Küche wird biologisch gewachsenes Obst und Gemüse verwendet“, sagt Tim.

In einem kleinen Gehege zeigt er mir zwei kleine Koalas, die hier abgegeben wurden, weil ihre Mutter überfahren worden war. Die Koalas sitzen auf einem Ast, kauen Eukalyptusblätter und lassen sich bereitwillig streicheln. Mein Herz schmilzt dahin. Auf dem Weg zu den Koalas hatte uns ein kleines Wallaby (kleine Känguru-Art) begleitet.

„Das ist Harry“, erklärt Tim. „Er ist auch noch ziemlich jung, wurde hier als Findelkind abgegeben. Mittlerweile ist er ganz schön frech geworden.“

Zumindest ganz schön neugierig. Harry folgt uns gewissermaßen auf Schritt und Tritt. Um die Koalas zu fotografieren, hatte ich meine Kamera aus dem Rucksack geholt und ihn auf der Erde stehen lassen. Ein gefundenes Fressen für Harry. Während Tim und ich die Koalas beobachten, nutzt er die Gelegenheit, meinen Rucksack Stück für Stück auszupacken.

„Harry! Du ungezogener Bengel!“, schimpft Tim und hilft mir, die Sachen wieder zu verstauen. Missmutig sieht das Wallaby zu und hüpft dann von dannen.

Wir setzen unseren Weg durch den Garten fort und folgen einem kleinen Wiesenweg. „Pass auf, wo du hintrittst. Hier gibt es manchmal Schlangen“, rät Tim und geht voraus. Ich muss an die eindrucksvollen Exemplare denken, die mir Ray in Healesville gezeigt hatte, und halte mich vorsichtshalber dicht hinter Tim. Auf einer Wiese vor uns grast eine Herde großer Kängurus, die sich durch unsere Anwesenheit nicht im Geringsten stören lässt. Wir lassen sie links liegen und betreten einen lichten Eukalyptuswald, in dem einige ausgewachsene Koalas leben. Tatsächlich will mir Tim hier aber etwas ganz Besonderes zeigen. Einen Tasmanischen Teufel.

Das größte Raubbeuteltier der Erde sitzt in der hintersten Ecke eines überdachten Geheges und starrt uns neugierig an. Ich habe noch nie einen Tasmanischen Teufel gesehen, und das ist kein Wunder. In ganz Europa gibt es nur ein einziges Exemplar, und das lebt im Zoo von Kopenhagen.

„Warum heißt der eigentlich Tasmanischer Teufel?“, frage ich Tim.

„Naja, erstens kommt er von Tasmanien. Dort gaben ihm europäische Siedler den Namen, weil er wirklich ein schauriges Fauchen von sich gibt, wenn er nach Futter sucht. Wenn die kleinen Teufel in der Gruppe einen Kadaver fressen, kreischen sie so grell, dass es einem eiskalt den Rücken herunter läuft. Tja, und dann sind die Tiere auch noch schwarz, und bei Aufregung verfärben sich ihre Ohren rot. Noch Fragen?“

Ich schüttele den Kopf und gehe in die Knie. Obwohl die Tiere ziemlich aggressiv sein sollen, sieht dieser Kollege ganz harmlos aus. Und er hat auch keine roten Ohren.

„In Australien war der Tasmanische Teufel schon mal so gut wie ausgerottet. Und jetzt könnte es ihn wirklich endgültig erwischen. Seit 1996 grassiert unter den Beständen in Tasmanien eine Krebsseuche, die ein paar Jahre später 85 Prozent des gesamten Bestandes dahin gerafft hat. In manchen Regionen, in denen viele Teufel lebten, starben sogar alle innerhalb eines einzigen Jahres. Wenn sich die Krankheit weiter so schnell entwickelt, könnten die Tiere innerhalb der nächsten 20 Jahre ganz aussterben."

„Ach du meine Güte!". Betroffen sehe ich den kleinen Kerl nun mit ganz anderen Augen an. Hatte ich von dieser Seuche überhaupt jemals gehört? Ich kann mich nicht erinnern. Wenn Australien in den deutschen Nachrichten erscheint, dann höchstens wegen eines Buschfeuers, kommt mir vor.

Tim wird langsam unruhig. Er hat noch ein paar andere Aufgaben zu erledigen, und da ich die Koalas so süß fand, hat unsere Tour rund um die Ecolounge eine ganze Zeit gedauert. Als wir nun an der Känguru-Herde vorbei zurück zum Haupthaus gehen, dämmert es bereits.

Ich verabschiede mich und mache mich auf den Weg ins Hotel. Als sich das große Tor automatisch hinter meinem Auto schließt und ich auf die Straße durch den Wald einbiege, ist es plötzlich ganz dunkel.

So ein Mist. „Claudia, fahr nicht in der Dunkelheit durch den Busch!", höre ich David, Tom und Elisabeth unisono sagen. Zu spät, ich kann hier ja schlecht übernachten.

Ich bin die Einzige, die in der Wildnis noch unterwegs ist. Mit höchstens 35 Stundenkilometer schleiche ich über die Straße. Die Scheinwerfer streifen über riesige Farne und dichtes Gebüsch. Plötzlich knallt es vor meiner Kühlerhaube. Ich trete voll auf die Bremse, komme augenblicklich zum Stehen, mein Herz hämmert. Ich steige auf, laufe nach vorne und sehe ein Wallaby vor dem Auto liegen.

O Gott, ich habe ein kleines Känguru totgefahren. Mir wird augenblicklich schlecht. Gerade erst hatte ich noch den kleinen Harry auf dem Arm und jetzt habe ich wahrscheinlich seinen Onkel oder Cousin gekillt.

Plötzlich bewegt sich das Tier. Es richtet sich in Zeitlupe auf, schüttelt sich ein wenig und wirft mir einen bitterbösen Blick zu. Dann steht es vorsichtig auf, macht zwei kleine Schritte, hüpft in den Wald und ist verschwunden. Ich stehe immer noch im Scheinwerferlicht des Autos und starre in den Wald. Was soll ich denn jetzt machen? Vielleicht hat Harrys Onkel innere Verletzungen und liegt später irgendwo und verendet elendig. Ich mag gar nicht daran denken. Aber wenn ich jetzt hinterher gehe, werde ich ihn wahrscheinlich sowieso nicht finden. Und es gibt Schlangen. Soll ich zur Lodge zurückfahren und dort Bescheid sagen? Aber der Busch ist riesig. Wie sollen sie das Wallaby finden?

Schweren Herzens setze ich mich wieder ins Auto und meinen Weg fort. Jetzt tuckere ich mit höchstens 20 Stundenkilometern durch den Busch, starre angespannt auf die Fahrbahn, jede Sekunde bereit, eine Vollbremsung hinzulegen. Ich brauche ewig, bis ich in meinem Hotel ankomme. Es liegt in Apollo Bay, und wieder einmal hat Tante Anne etwas Besonderes ausgesucht. Von der Great Ocean Road aus führt eine kleinere Straße in Serpentinen den Berg hinauf. Ganz oben mit einer fantastischen Aussicht auf das Meer liegt Chris's Beacon Point Restaurant & Villas.

Ich bringe mein Gepäck in eine der kleinen Villen und steuere direkt auf das elegante Restaurant zu. Was ich jetzt ganz dringend brauche, ist ein Drink. Und Essen. Ich bin zwar ziemlich fertig, habe aber auch einen Bärenhunger.

Bei einem Gläschen guten Wein, einem fantastischen Dinner und der angenehmen Atmosphäre des preisgekrönten Restaurants kann ich endlich entspannen. Der Raum ist fast vollständig verglast und gibt den Blick auf große, von Scheinwerfern angestrahlte Eukalyptusbäume frei.

„Sehen Sie den Koala da vorne?“, fragt die Kellnerin und deutet auf einen der Bäume. Tatsächlich entdecke ich einen, der wie ein Steifftier in der Baumkrone hockt. „Wir haben hier mehrere in den Bäumen. Wenn nicht jetzt, können Sie sie bestimmt beim Frühstück sehen!“, sagt das Mädchen und bringt mir noch einen Cappuccino. So langsam fällt die Anspannung von mir ab und ich lasse die Abenteuer des Tages noch einmal Revue passieren. Nie hätte ich zu Hause gedacht, was mir hier alles innerhalb von wenigen Tagen geschehen ist. Wie aufregend das Leben sein kann! Ich muss unbedingt mit David telefonieren und ihm alles erzählen. Bestimmt hat er schon versucht, mich anzurufen. Ich habe mein Handy im Zimmer liegenlassen. Aber jetzt habe ich das dringende Bedürfnis, meine Erlebnisse mit jemand zu teilen. Mit jemand ganz Besonderen natürlich.

Schnell trinke ich meinen Cappuccino aus, gehe zurück auf mein Zimmer und krame das Handy aus meinem Rucksack. Kein Anruf. Merkwürdig. Vielleicht hatte er den ganzen Tag Besprechungen in Sydney. Ich werde ihn einfach anrufen, um diese Uhrzeit wird er ja wohl nicht mehr in einem Meeting sein.

Aufgeregt wähle ich Davids Nummer und höre eine automatische Ansage. Sein Handy ist ausgeschaltet. Ich versuche nicht enttäuscht zu sein, bin es aber trotzdem. Vielleicht ein Geschäftsessen. Er wird später anrufen. Doch daraus wird nichts. Ich versuche es noch dreimal bei ihm, dann schlafe ich erschöpft ein.

12

Heller Sonnenschein weckt mich am nächsten Morgen. Ich habe geschlafen wie ein Stein. Mein erster Gedanke gilt David. Bestimmt hat er doch gesehen, dass ich versucht habe, ihn zu erreichen, und hat mir daraufhin eine Nachricht geschickt. Ich gucke auf mein Display und stelle fest: Pusteblume! Da ist nichts, keine Nachricht, kein Anruf, gar nichts. Ich verstehe das nicht, er hatte mir doch den Tipp mit der Ecolodge gegeben. Ich hatte erwartet, dass es ihn nun auch interessieren würde, wie es gelaufen ist. Ob ich ihn nochmal anrufen? Während ich dies denke, haben meine Finger schon auf Wahlwiederholung gedrückt. Wieder nichts. Sein Handy ist immer noch – oder schon wieder – ausgeschaltet.

Der Ausblick von meinem Balkon auf den Südlichen Ozean ist fantastisch, aber so richtig kann ich ihn trotzdem nicht genießen. Beunruhigt stelle ich mich unter die Dusche und gehe frühstücken. Da ich das Hotel auch für die nächste Nacht schon gebucht hatte, werde ich den Tag heute ruhig angehen lassen. Tante Anne hatte geplant, am Nachmittag eine alte Freundin von ihr zu besuchen. Ich weiß nicht so recht, was ich bei ihr soll, und hatte es erst mal offengelassen, ob ich bei dieser Eve vorbeifahre oder nicht. Mit Blick auf die Koalas in den Bäumen und bei Kaffee und Brötchen bin ich noch immer unschlüssig. Zunächst mal würde ich einfach den Ort erkunden und alles weitere auf mich zukommen lassen.

Als ich zurück in mein Zimmer komme, klingelt das Handy. Endlich! Aufgeregt schnappe ich mir das Mobiltelefon und sehe auf dem Display, dass es gar nicht David ist. Shit! Es ist Rainer.

„Hallo Rainer! Vielleicht solltest du wissen, dass ich immer noch in Australien bin und dass es sich deshalb um ein Ferngespräch handelt?!"

Räuspern am andern Ende der Welt.

„Das weiß ich doch, Claudia. Ich war bei den Eltern. Schöne Grüße, übrigens."

Ich fühle Nervosität in mir aufsteigen. „Das habe ich schon gehört. Und was sollte das? Wir sind geschieden!"

Jetzt klingt Rainers Stimme auf einmal einschmeichelnd.

„Ja. Und inzwischen glaube ich, dass das ein großer Fehler war. Weißt du, mir ist erst später bewusst geworden, was ich eigentlich an dir hatte. Ich hätte mich nie von dir scheiden lassen sollen."

Ach so, war also allein deine Entscheidung, denke ich noch zynisch und schüttelt ungläubig den Kopf.

„Macht ja nichts, Rainer, du hast ja nun deine Dings. Wie heißt sie nochmal? Ach, auch egal. Jedenfalls wünsche ich dir alles Gute, und am besten hörst du damit auf, an Vergangenes zu denken und blickst lieber in die Zukunft."

Ich bin stolz auf meine geschickte Formulierung und hoffe, dass das Gespräch damit beendet ist. Weit gefehlt.

„Die Sache mit Anja ist zu Ende."

„Das tut mir leid, Rainer. Ist aber dein Bier."

„Ja, ich weiß. Aber ich möchte, dass du mir noch eine Chance gibst, dir meine Gefühle zu dir zu beweisen. Ich würde sogar um die ganze Welt fliegen, um dich zu sehen. Ich könnte übermorgen in Australien sein!“

„Was? Auf gar keinen Fall, ich glaube, du spinnst!“

„Bitte Claudia, gib mir noch eine Chance!“, wiederholt er sich nun auch noch.

„Ich weiß ja, dass ich viele Fehler gemacht habe. Zum Beispiel das mit dem Kind. Aber ich mach das wieder gut. Wir könnten doch jetzt noch eins adoptieren. Oder ein Pflegekind nehmen. Hauptsache, du bist glücklich!“

Die Galle steigt mir hoch. Ich überlege kurz, ob jetzt der Zeitpunkt zum Auflegen gekommen ist, doch da spricht er schon weiter.

„Hör mal, ich weiß, dass das jetzt total überraschend für dich kommt. Ich kümmere mich jetzt gleich um einen Flug nach Melbourne, um dir zu beweisen, dass ich es ernst meine. Wenn ich meine Flugzeiten habe, melde ich mich wieder. Und alles andere besprechen wir dann in Australien.“

„Nein!“, schreie ich noch ins Handy, aber da hat Rainer schon aufgelegt. Panisch rufe ich seine Nummer auf und versuche ihn zurückzurufen. Aber da hat der Blödmann sein Handy schon ausgestellt. Ich zittere vor Wut. Auf gar keinen Fall, werde ich mir meine Australien-Reise von meinem Ex-Mann verderben lassen. Ich schreibe ihm eine geharnischte sms, dass er bloß zu Hause bleiben soll und ich mich auf keinen Fall mit ihm treffen werde, dann schnappe ich mir meinen Rucksack und verlasse das Hotel.

Apollo Bay ist nicht gerade groß, aber es hat einen sehr schönen Strand, an dem heute auch einige Surfer unterwegs sind, obwohl es nicht besonders warm ist. Ich stapfe im Sand entlang, schaue aufs Meer, ärgere mich über Rainer und frage mich, was bloß mit David los ist. Dann suche ich mir eine geschützte Stelle, setzte mich in den Sand und krame Annes Tagebuch hervor.

Melbourne, 15. Dezember 1953

Liebes Tagesbuch,

ich glaube, es hat geklappt. Eigentlich hätte ich gestern meine Tage bekommen müssen und sie sind immer noch nicht da. Ich bin so aufgeregt. Aber ich möchte Will noch nichts sagen, er wünscht sich so sehr ein Kind, und ich möchte ihn nicht enttäuschen. Mir wäre es ganz egal, ob es ein Mädchen oder ein Junge wird – Hauptsache, gesund! Seit Ricardas Tod liegt ein Schatten über meinem Leben. Will weiß Bescheid, und er hat sich fabelhaft verhalten. Auch wenn er vielleicht nie meine ganz große Liebe sein kann – das war Rick – führen wir eine gute Ehe. Ich bin wirklich froh, dass ich ihn habe und ich werde alles tun, um ihn glücklich zu machen. Wenn wir nun noch ein Kind bekommen, wird alles gut.

Melbourne, 21. Januar 1954

Liebes Tagebuch,

Hurra: ich bin schwanger! Heute hat die Arztpraxis angerufen und es offiziell bestätigt. Jetzt wird alles gut! Ich habe eine Flasche Sekt gekauft, und werde Will heute Abend, wenn er von der Arbeit kommt, die gute Nachricht verkünden. Bin gespannt auf sein Gesicht!

Melbourne, 22. Januar 1954

Liebes Tagebuch,

Will ist außer sich vor Freude. Gestern Abend haben wir zusammen in der Küche getanzt. Er möchte am liebsten einen Jungen und macht schon Pläne, was er alles zusammen mit ihm unternehmen will: im Outback zelten, zum Angeln gehen, ihm das Surfen beibringen. Heute Morgen habe ich Elisabeth angerufen und ihr alles erzählt. Das Schöne ist: Liz ist auch schwanger! Unsere beiden Kinder werden fast zur gleichen Zeit zur Welt kommen und können dann immer zusammen spielen. Ich bin so glücklich!

Melbourne, 26. Januar 1954

Liebes Tagebuch,

heute habe ich fünf Minuten mit meiner Mutter am Telefon gesprochen. Es hat bestimmt ein Vermögen gekostet! Aber ich wollte ihr doch unbedingt persönlich sagen, dass sie Großmutter wird. Sie hat sich total gefreut! Aber ich habe auch gemerkt, dass sie ein bisschen wehmütig war. ‚Dass du aber auch ausgerechnet bis ans andere Ende der Welt ziehen musstest', hat sie gesagt. So oft wie andere Großeltern werden meine Eltern ihr Enkelkind nie zu Gesicht bekommen. Aber ich hoffe, sie kommen dann endlich mal für ein paar Wochen her und besuchen uns. Und natürlich werde ich ihnen andauernd Fotos von unserem Baby schicken, das ist ja wohl klar.

Melbourne, 15. Februar 1954

Liebes Tagebuch,

zu früh gefreut. Die Zeit des Glücks in unserem Hause ist schon wieder vorbei. Bei meinem letzten Termin beim Frauenarzt konnte er keine Herztöne mehr bei unserem Baby feststellen. Zuerst habe ich gar nicht verstanden, was er damit meinte. Erst als er mich mit trauriger Miene anblickte und mir eine Überweisung für eine Ausschabung im Krankenhaus in die Hand drückte, ging mir auf, dass unser Baby gestorben war. Schon wieder. Ich weiß nicht, was ich falsch gemacht habe, dass ausgerechnet bei mir alles schief läuft. Will hätte wohl besser jemand anderes geheiratet.

***

Ein kühler Wind ist aufgezogen. Das Meer kräuselt sich, und Wolken jagen über den Himmel. Ich fröstele und ziehe mir die Strickjacke enger um meinen Körper. Die Geschichte meiner Tante geht mir ans Herz. Warum hatte sie nie jemanden aus der Familie von der Tragödie in ihrem Leben berichtet? Nicht einmal meine Mutter, ihre einzige Schwester, wusste darüber Bescheid. Ob Anne mir die Geschichte erzählt hätte, wenn wir jetzt wie geplant gemeinsam unterwegs gewesen wären? Aber vielleicht sollte das alles so kommen. Nicht zum ersten Mal habe ich das Gefühl, dass Anne mir nahe ist, wenn ich in ihrem Tagebuch lese. Heute will ich endlich die ganze Geschichte erfahren. Aber nicht hier, ich muss mich dringend aufwärmen.

Ich stehe auf, klopfe mir den Sand von den Jeans und mache mich auf den Weg zurück ins Dorf. Das Café an der Hauptstraße ist warm und gemütlich. Ich bestelle ein Käsesandwich und einen Milchcafé und werfe wieder einmal einen Blick aufs Handy. Noch immer kein Lebenszeichen von David. Was ist nur los mit ihm?

In der nächsten Stunde drehe ich die Uhr einmal mehr zurück, tauche ein in das Leben meiner Tante. Sie schreibt davon, wie sie sich ihren Laden aufbaut, von Urlaubsreisen mit Will durch Australien, von Besuchen bei der Familie in Deutschland. Ihr Schreibstil hat sich ein wenig verändert. Man merkt, dass sie viel gelesen haben muss. Sie drückt sich viel gewählter aus als in ihrer Jugend. Aber dennoch blitzt immer wieder das junge Mädchen Anne in ihren Erzählungen durch. Alles in allem scheint meine Tante zufrieden mit ihrem Dasein gewesen zu sein. In ihren mittleren Jahren hält es weder große Höhepunkte noch Tiefschläge bereit.

Bis zum Tode von Will führen beide eine harmonische Ehe. Nachdem sie ihren Mann zu Grabe getragen hat, fühlt Anne sich einsam und ist froh, als ihre Freundin Elisabeth bei ihr einzieht. Bald sind nur noch wenige Seiten im Tagebuch beschrieben. Die letzten Jahre in ihrem Leben. Doch was ich nun lese, raubt mir wirklich den Atem.

13

Melbourne, 28. Oktober 2010

Liebes Tagebuch,

meine Hand ist noch ein wenig zittrig, während ich das hier schreibe. Ich bin total aufgeregt. Elisabeth hat mich gestern schon beunruhigt angeguckt und mir wortlos die Blutdrucktabletten rübergeschoben. So ein Käse, was man im Alter nötig hat. Nachdem ich ihr alles erzählt habe, hätte sie die Pillen wohl selbst gebrauchen können. Jedenfalls haben wir uns beide erst mal einen Whisky eingegossen. Aber vielleicht sollte ich besser von vorne beginnen.

Gestern Morgen war ich auf dem Markt unterwegs. Und während ich noch so an Baker‘s Blumenstand herumtrödele und an den Rosen schnuppere, bleibt eine fremde Frau vor mir stehen und blickt mich stirnrunzelnd an.

„Möchtest du ein paar Rosen mitnehmen, Anne?“, fragt mich Sue, die bei Baker’s arbeitet. In dem Moment schaut die fremde Frau noch komischer.

„Entschuldigen Sie, wahrscheinlich rede ich hier völligen Blödsinn, aber sind Sie vielleicht die Anne, die vor vielen, vielen Jahren einen Sommer lang oben in Gold Coast war? Als Kindermädchen von einer reichen Familie, deren Namen ich leider nicht mehr weiß?“

Jesses, mir blieb fast das Herz stehen! Wer war diese Person? Und woher kannte die mich? Sie blickte mich immer noch mit durchdringendem Blick an, als ich unwillkürlich nickte und sie entgeistert anstarrte.

„Du erkennst mich nicht mehr, oder?“

In meinem Kopf tauchten die lange unterdrückten Bilder von Gold Coast auf. Ich mit den Kindern der Schneiders am Strand. Mein Bauch, der immer dicker wird. Ricarda, mein wunderschönes kleines Mädchen. Der Tod. Nie wieder war ich später nach Gold Coast gereist. Will hatte dort Urlaub mit mir machen wollen, doch ich hatte mich stets mit Händen und Füßen gewehrt. Plötzlich war alles wieder da, als wäre es erst gestern geschehen. Und irgendwie kam mir die Frau auf einmal doch bekannt vor.

„Mein Name ist Eve. Damals hatte ich blondes Haar, heute ist es grau.“ Die Frau lachte. „Gott, ist das lange her. Und was waren wir da jung! Du hast dich natürlich auch verändert, aber irgendwie habe ich dich trotzdem sofort wieder erkannt. Ich glaube, es lag an deiner Haltung und an deinen Augen. Und als ich dann noch hörte, dass die Blumenverkäuferin dich Anne nannte…“

Die Frau setzte ihre Einkaufstasche ab und strich sich durchs kurzgeschnittene Haar. Offenbar hatte sie sich damit abgefunden, dass ich sie nicht wiedererkannte.

„Ich war Eisverkäuferin in der Bude ganz hinten am Strand. Erinnerst du dich wirklich nicht? Eine Zeit lang bist du fast jeden Tag mit den beiden Kindern da gewesen. Du hast ihnen ein Eis gekauft und wir haben ein wenig geplaudert. Von heute auf morgen warst du dann verschwunden und wir haben uns nie wiedergesehen.“

Jetzt fiel mir tatsächlich alles wieder ein. Ich hätte mich niemals an ihren Namen erinnert, aber ich wusste noch, dass ich das Mädchen in der Eisbude sympathisch gefunden und öfters mit ihr geredet hatte.

„Eve, jetzt erinnere ich mich an dich. Es muss über 50 Jahre her sein. Wie geht es dir?"

„Naja, der Zahn der Zeit nagt an mir – wie man sieht! Ich lebe seit ein paar Jahren hier in Melbourne. So ein Zufall, dass wir uns hier treffen. Aber sag, wie geht es deiner Tochter?"

Ich hatte mich nicht im Griff. Im selben Moment als sie es sagte, schossen mir die Tränen in die Augen. Eve ergriff erschrocken meinen Arm.

„Entschuldige, habe ich was Falsches gesagt? Es tut mir leid! Aber ich habe mich später so oft gefragt, was wohl aus euch beiden geworden ist."

Ich brauchte einen Augenblick, um meine Tränen herunterzuschlucken und meine Stimme wieder zu finden. Dann sagte ich mit belegter Stimme: „Ich dachte, du hättest es gewusst. Meine kleine Ricarda ist gleich nach der Geburt gestorben."

Eve starrte mich entsetzt an. Dann schüttelte sie den Kopf. „Das kann nicht sein", flüsterte sie. „Ich habe die Hausangestellte der Schneiders ein paar Tage nach deiner Niederkunft mit dem Baby auf dem Arm in einem Park getroffen. Aber das kleine Mädchen hieß Margaret."

Plötzlich sah ich Eve nur noch wie durch einen Nebel. Ich hatte das Gefühl, als wenn der Boden unter mir schwanken würde.

Eve packte mich am Kragen und schleifte mich ins nächte Café, das nur ein paar Meter entfernt war. Wir tranken einen Cognac, und so langsam kehrte das Leben in mich zurück.

***

Mein Handy piept. Ausgerechnet jetzt. Ich kann meinen Blick kaum von der zierlichen Handschrift meiner Tante wenden. Was für ein Drama hat sie erlebt, während wir in old Germany gemütlich unserem langweiligen Vorstadtleben frönten. Die Nachricht kommt leider nicht von David. Rainer schreibt: Hab den Flug gebucht! Komme übermorgen um 18.30 Uhr in M. an. Holst du mich ab? Love, R.

„Nein, ich hole dich nicht ab", knirsche ich mit den Zähnen und kann nicht fassen, was ich da lese. Hat er meine Nachricht nicht bekommen? Oder wie üblich ignoriert? Mit mir kann man ja offenbar machen, was man will. Die liebe, nette, bescheuerte Claudia lässt sich doch immer alles gefallen. Ich versuche ihn anzurufen, aber sein Handy ist schon wieder ausgestellt. Mein Magen krampft sich zusammen. Warum kann er mich nicht einfach in Ruhe lassen? Es ist zwar erst früher Nachmittag, aber ich bestelle jetzt trotzdem zum ersten Mal in meinem Leben einen Cognac. Genau wie Anne und Eve. Dann schlage ich die nächste Seite des Tagebuchs auf.

***

Der Alkohol sorgte dafür, dass ich nicht in Ohnmacht fiel, aber noch immer kam ich mir vor wie die Hauptdarstellerin in einem Spielfilm, den ich mir selbst ansah. Ich erzählte Eve, dass meine kleine Tochter ganz bestimmt Ricarda hieß. Und dass sie gleich nach ihrer Geburt an plötzlichem Kindstod gestorben war.

„Und du hast selbst gesehen, dass sie tot war? Du hast sie angefasst, und ihr Körper war kalt? Du warst bei ihrem Begräbnis dabei?“ Eve drückte meine beiden Hände und sah mir bei jedem Wort fest in die Augen.

Ich schüttelte den Kopf. „Nein, ich war sehr krank. Unter Schock. Der Arzt hat mir irgendwelche Sachen gespritzt, damit ich schlafe und mir selbst nichts antue. Als ich wieder richtig zu mir kam, hatten sie Ricarda schon begraben. Und dann sind wir sehr bald abgereist, zurück nach Melbourne.“

Eve seufzte tief. „Anne, ich wette, deine Tochter lebt. Als ich die Hausangestellte traf, war das Baby schon ein paar Tage alt und sah putzmunter aus. Als ich nach dir fragte, hieß es, du seist krank, aber es würde dir schon bald besser gehen. Und plötzlich wart ihr alle abgereist. Ich glaube, diese Familie Schneider hat deine Tochter weggegeben. Zur Adoption.“

Mir wurde abwechselnd heiß und kalt. Konnte das wahr sein? Theoretisch wäre es schon möglich. Aber warum? Warum sollten sie mir einfach mein Kind wegnehmen? Und hätten da nicht die Behörden eingegriffen? Hätte ich nicht irgendwelche Papiere unterzeichnen müssen?

Das fragte ich auch Eve. Doch die zuckte mit den Schultern.

„Denk dran, du warst damals noch minderjährig. Außerdem war es eine andere Zeit. Die Leute waren damals doch dermaßen prüde. Ich kann mir gut vorstellen, dass es den Schneiders ausgesprochen peinlich war, dass ihr Kindermädchen schwanger war und es keinen Vater für das Kind vorweisen konnte. Wahrscheinlich hatten sie die Sache von Anfang an so geplant, dass du das Kind in Gold Coast bekommen solltest und zu Hause in Melbourne gar keiner mitbekam, dass du schwanger warst. Für ein hübsches, weißes Mädchen Adoptiveltern zu finden, war bestimmt nicht schwer. Wahrscheinlich haben die das sogar ohne Papiere geregelt, du weißt, was ich meine… "

Heißer Zorn wallte in mir auf. Wenn das stimmte, sollten die Schneiders dafür in der Hölle schmoren. Ich wusste, dass die beiden inzwischen längst tot waren. Zu den Kindern hatte ich schon vor Jahrzehnten den Kontakt verloren. Ich hatte keine Ahnung, wo sie lebten.

„Was soll ich denn jetzt bloß tun?", fragte ich Eve.

Auf ihrer ohnehin schon runzeligen Haut bildeten sich noch mehr Falten.

„Ich würde es zuerst bei der Haushälterin versuchen."

„Bei Mrs. Jones? Aber die ist bestimmt längst tot. Oder hundert und dement."

„Trotzdem. Vielleicht gibt es Nachkommen, die Bescheid wissen? Oder irgendwelche Aufzeichnungen, Briefe. Irgendwo musst du schließlich anfangen, wenn du wissen willst, was aus deiner Tochter geworden ist."

Wir tauschten unsere Adressen aus, und dann verabschiedete ich mich von Eve und ging nach Hause. Liz war sprachlos, als ich ihr die Geschichte erzählte. Aber auch sie meinte, dass Mrs. Jones die beste Schnittstelle zu Ricarda sei. Noch am selben Abend stiegen wir beide die steile Leiter zum Dachboden hinauf und durchwühlten die Kisten, die dort seit Jahrzehnten vor sich hin gammelten. In einer von ihnen mussten noch die Sachen aus meiner Anfangszeit in Australien sein. Kurz vor Mitternacht fanden wir die Adresse von Hilda Jones.

Ich konnte kaum schlafen in jener Nacht. Tausend Gedanken schossen durch meinen Kopf. Sollte Ricarda wirklich noch leben? Würde ich sie wiedersehen? Welches Schicksal hatte das Leben ihr zugedacht?

Am nächsten Morgen – also heute – rief ich sofort bei der alten Adresse der Haushälterin in Melbourne an. Eine Mrs. Hill meldete sich. Sie hatte Hilda noch gekannt. Sie erinnerte sich, dass sie ins Altenheim gekommen sei, als sie und ihr Mann das Haus vor ein paar Jahren gekauft hatten. Ich notierte mir den Namen des Heims und bedankte mich. Eigentlich wollte ich gleich ins Auto stürzen und hinfahren, aber plötzlich wurde mir total schwindelig und schlecht. Mein Herz raste, und ich musste mich erst mal hinsetzen. Gut, ich bin nun mal keine 20 mehr. Aber dass Liz dann gleich so ein Theater darum gemacht hat, geht mir schon auf den Wecker. Sie rief unseren Hausarzt an, befehligte mich aufs Sofa und verbot mir bei Todesstrafe aufzustehen. Ich hatte weiß Gott anderes zu tun, als auf dem Sofa zu liegen, aber gegen Liz kann sich kein Mensch durchsetzen. Der Doc hat mir was eingegeben, von dem ich eingeschlafen bin. Als ich aufwachte, sah ich das Liz mir einen Zettel geschrieben hatte:

Bin ins Altenheim gefahren und recherchiere für dich. Bleib liegen!!! Und reg dich nicht auf!! Liz

Jetzt warte ich auf ihre Rückkehr. Und weil ich mich ja nicht aufregen soll, habe ich die ganze Sache mal aufgeschrieben.

Melbourne, 1. November 2010

Liebes Tagebuch,

wer hätte das gedacht? Jahrelang plätschert mein Leben so vor sich hin, und plötzlich, auf meine alten Tage, überschlagen sich die Ereignisse.

Liz hatte tatsächlich etwas herausgefunden. Mrs. Jones war zwar vor ein paar Jahren gestorben, aber sie hatte eine Tochter gehabt, die sie jede Woche im Heim besucht hatte. Die Heimleitung besaß die Adresse auch noch, wollte sie aber nicht herausrücken. Datenschutz und so. Doch so schnell gibt meine Liz nicht auf. Ihre Augen haben gefunkelt wie seit Jahren nicht mehr, als sie mir die Geschichte später erzählte. Nachdem die Heimleiterin, eine ziemlich resolute Frau in den Vierzigern, ihr erklärt hatte, dass sie unmöglich Adressen an fremde Leute herausgeben könnte, hat Liz ihr tränenreich die Geschichte ihrer besten Freundin präsentiert, die auf der Suche nach ihrer verschollenen Tochter ist. Am

Ende hat die arme Frau wohl fast mit geheult und ihr rasch einen Zettel mit dem Namen und der Adresse der Jones-Tochter in die Hand gedrückt.

Noch am selben Nachmittag haben wir sie angerufen. Sie heißt Agnes und wohnt mit ihrer Familie in einem Vorort von Melbourne. Und sie wusste sofort, wer ich war, als ich mich bei ihr meldete.

„Komisch, all die Jahre habe ich immer damit gerechnet, dass Sie irgendwann auftauchen. Nun ist es also soweit. Kommen Sie vorbei.“, sagte sie.

Liz und ich fuhren gleich am nächsten Tag hin. Es war heiß, im Radio wurden schon die ersten Buschfeuer gemeldet. Doch ich konnte mich kaum auf die Nachrichten konzentrieren. Ich bebte innerlich vor Aufregung und konnte es kaum abwarten, mit Agnes zu sprechen.

Als sie uns die Tür zu ihrem Bungalow öffnete, dachte ich im ersten Moment, ich hätte Mrs. Jones vor mir. Ihre Tochter sah genauso aus wie sie damals, und sie war genauso dick.

„Kommen Sie herein“, begrüßte uns Agnes und ließ uns in ihrer blitzblank geputzten Küche Platz nehmen. „Möchten Sie einen Tee?“

Wir willigten brav ein und pflegten ein wenig Smalltalk, obwohl ich sie am liebsten geschüttelt hätte, damit sie mir endlich alles erzählt, was sie über meine Tochter weiß. Nun ja, sie muss wohl meine Gedanken gelesen haben. Als der Tee fertig war, kam sie zur Sache.

„Sie dürfen es meiner Mutter nicht übel nehmen“, begann sie. „Es war schließlich nicht ihre Idee gewesen. Und sie musste mitspielen, um ihren Job nicht zu verlieren. Aber sie hat bis an ihr Lebensende darunter gelitten, dass sie an dieser Sache beteiligt war."

„An welcher Sache?", fragte ich atemlos.

„Na daran, dass man Ihnen damals Ihr Baby weggenommen hat."

Also doch! Das Herz schlug mir bis zum Hals, als ich ihre Worte hörte.

„Was..", krächzte ich. Doch ich war kaum noch in der Lage zu sprechen. Liz vollendete meine Frage. „Was ist aus dem Baby geworden?"

Agnes kratzte sich nervös am Kopf. „Soviel ich weiß, kam es zu guten Leuten. Zu einem netten Ehepaar aus Queensland, das selbst keine Kinder bekommen konnte."

Agnes sah mich unsicher an. Mir liefen inzwischen die Tränen übers Gesicht. Ricarda lebte! Ich konnte nicht genug über sie hören.

„Meine Mutter hatte, wie schon gesagt, ein schlechtes Gewissen. Deswegen hat sie immer ein wenig Kontakt zu den Leuten gehalten. Sie wollte für sich selbst bestätigt haben, dass die kleine Margaret ein gutes Zuhause bekommen hatte."

„Margaret?"

Agnes nickte. „Vor ihrer Heirat hieß ihre Tochter Margaret Todt. Sie wuchs in Queensland auf, studierte Medizin, lernte dort auch ihren Mann kennen und zog vor ein paar Jahren nach Melbourne."

„Was?" Ich konnte es kaum fassen. „Ricarda, ich meine Margaret, lebt in Melbourne?"

Agnes lächelte und nickte. „Ja. Das ist jedenfalls mein letzter Stand. Meine Mutter ist ja nun schon ein paar Jahre tot, und ich habe mich nie weiter um Margaret gekümmert. Aber Mutter hat mir irgendwann die ganze Geschichte erzählt. Sie hat sich nie getraut, mit Ihnen Kontakt aufzunehmen und Ihnen alles zu beichten. Sie hat sich einfach zu sehr geschämt. Aber sie hat immer gesagt: Agnes, wenn das deutsche Mädchen eines Tages hier auftaucht, müssen wir ihr die Wahrheit sagen."

Ich war fassungslos, genauso wie Liz. Der Tee war inzwischen kalt geworden, und ich wusste nicht, ob ich lachen oder weinen sollte. Agnes erhob sich von ihrem Stuhl, ging zur Anrichte und griff nach einem Zettel.

„Hier. Das ist ihre Anschrift. Ich hoffe, sie stimmt noch."
Ich blickte auf das Stückchen Papier und traute meinen Augen nicht. Die Adresse war nur ein paar Minuten von meinem Haus entfernt.

***

Ich bin so vertieft in das Tagebuch, dass ich die Kellnerin erst bemerke, als sie an meinem Tisch steht und sich räuspert.

„Mam`am, ich möchte nicht unhöflich sein, aber draußen zieht ein Sturm auf. Ich hatte vorhin gesehen, dass Sie zu Fuß gekommen sind. In ein paar Minuten wird es hier wahrscheinlich sintflutartig regnen…"

Ich schaue aus dem Fenster. Draußen ist es tatsächlich schon fast dunkel geworden, die Äste der Bäume peitschen im Wind.

„Vielen Dank, das sieht ja wirklich schon ungemütlich aus, dann gehe ich wohl lieber schnell in mein Hotel. Würden Sie mir die Rechnung fertig machen?“

Ich bezahle, nehme noch eine Packung Kekse mit und trete auf die Straße. Es hat sich merklich abgekühlt. Das sieht nach einem Herbststurm aus. Ich beschleunige meine Schritte und hoffe, dass ich es noch ins Hotel schaffe, ohne nass zu werden. Zu Fuß ist hier niemand mehr unterwegs. David hat sich noch immer nicht gemeldet. Zumindest hat mich Annes Tagebuch davon abgelenkt, ständig an ihn zu denken. Ich muss unbedingt wissen, wie es weitergeht. Habe ich vielleicht eine Cousine hier in Australien? Oder sogar noch mehr Familie? Warum weiß meine Mutter nichts davon? Oder lebt Margaret etwa gar nicht mehr? Und warum hat auch Liz nichts erzählt?

Die ersten dicken Tropfen fallen vom Himmel, als ich die Einfahrt vom Hotel erreiche. Puh, geschafft. Ich ziehe meine Jacke aus, lasse mich aufs Bett fallen und lese weiter.

Melbourne, 10. November 2010

Liebes Tagebuch,

sie lebt! Ich habe sie gesehen und mit ihr gesprochen! Ricarda – ich werde sie weiterhin so nennen und nicht

Margaret – ist ein tolles Mädchen, eine wunderbare Frau. Ich bin so unendlich stolz auf sie, auch wenn ich selbst gar nichts dazu beigetragen habe, dass sie so geworden ist. Wer weiß, vielleicht war es ein Glück für sie, dass sie bei diesen Leuten aufwachsen konnte. Sie hatten ja viel mehr Geld als ich, und konnten ihr viel ermöglichen, sogar ein Studium.

Nachdem wir von Agnes die Adresse bekommen hatten, haben Liz und ich hin und her überlegt, was wir als nächstes tun sollen. Liz meinte, ich sollte sofort hingehen und mit Ricarda reden. Ihr alles erzählen, von Anfang an. Einerseits hätte ich das auch am liebsten getan. Mein ganzes Leben lang hatte ich schließlich diese unstillbare Sehnsucht nach meiner Tochter gehabt. Und nun war sie zum Greifen nah, wohnte nur ein paar Minuten von mir entfernt.

Doch irgendetwas hielt mich davon ab. Ich kann nicht erklären, was es war. Vielleicht wollte ich einfach nichts kaputt machen. Ihr Leben, das sie sich aufgebaut hatte, nicht zerstören. Aber ich möchte sie gerne kennenlernen, mit ihr sprechen. Und wer weiß, vielleicht würde ich es ihr dann doch sagen, eben dann, wenn der richtige Zeitpunkt gekommen ist.

Ich parkte mein Auto ein paar Straßen von ihrem Haus entfernt und machte mich zu Fuß auf den Weg zur angegebenen Adresse. Die Straße führte durch eine ruhige Wohngegend mit gepflegten Einfamilienhäusern und hübschen Gärten. Hier mussten wohlhabende Leute wohnen. Das Haus Nummer 10 lag ein wenig von der Straße zurück. Es war weiß gestrichen, mit grünen Fensterläden und einer tiefroten Kletterrose, die an der Fassade emporrankte. Ein schlanker junger Mann mähte den Rasen. Ich blieb am Zaun stehen und sah ihm bei der Arbeit zu. War das vielleicht mein Enkel?

Nach einer Weile wurde er auf mich aufmerksam, stellte den Rasenmäher aus und kam zu mir hinüber.

„Ma`am, kann ich Ihnen helfen? Haben Sie sich vielleicht verlaufen? Oder hätten Sie gern ein Glas Wasser?“

Er hatte strahlend blaue Augen und ein nettes Lächeln. Seine Haut war gebräunt, und er wirkte, als würde er einen Haufen Zeit beim Sport verbringen.

„Ach, es geht schon. Ich wollte mich nur einen Augenblick ausruhen.“

Der junge Mann blickte mich noch unschlüssig an, als sich die Haustür öffnete und eine Frau im mittleren Alter herauskam. Sie war schlank, trug einen modischen, dunkelblonden Bubikopf und rieb sich die Hände an einem Küchenhandtuch ab.

„Mark, ist irgendetwas? Kann ich helfen?“, rief sie herüber.

Das musste sie sein! Ich spürte, dass mein Herz mal wieder aus dem Rhythmus kam. Jetzt nur nicht in Ohnmacht fallen! Ich hielt mich am Gartenzaun fest, und sah, dass die Frau erschrocken ihr Handtuch fallen ließ und über den Rasen auf mich zu sprintete.

„Geht es Ihnen nicht gut? Mein Gott, Sie sind plötzlich schneeweiß im Gesicht geworden!“, sagte sie, als sie nur Sekunden später neben mir stand und ihren Arm um meine Taille legte, um mich zu stützen.

„Hilf mir Mark, wir nehmen sie mit rein, bevor sie uns hier gleich noch umfällt!“, sagte sie. Und so kam es, dass ich wenig später bei meiner Ricarda am Küchentisch saß und ein Glas Wasser trank.

Ganz Ärztin, fragte sie mich erst mal aus, ob ich heute schon genug getrunken hätte, ob ich Tabletten nehmen müsste, ob ich den Weg zurück nach Hause finden würde usw. Nach einer Weile schien sie jedoch beruhigt. Die Farbe war wohl in mein Gesicht zurückgekehrt, und ich konnte nicht anders, als die beiden unentwegt anzustrahlen. Wahrscheinlich dachten sie, dass diese Alte, die sie sich ins Haus geholt hatten, irgendwie ballaballa ist… Aber egal. Wir unterhielten uns, und ich erfuhr, dass Mark tatsächlich mein Enkel ist. Ricarda arbeitete in einem Ärztehaus und hatte an diesem Tag frei. Ihr Mann Dan ist irgendein höheres Tier bei einer Bank und war nicht zu Hause. Mark studiert noch, Medienwissenschaften.

„Er ist ein Spätzünder! Hoffentlich wird er nun endlich mal fertig!“, sagte Ricarda halb im Ernst, halb im Spaß.

„Mama!“, entgegnete ihr Sohn entnervt und verdrehte die Augen. „Dafür habe ich schon mehr von der Welt gesehen als du!“

„Das kann man wohl sagen“, antwortete Ricarda belustigt.

„Stellen Sie sich vor, Anne, mein Sohn ist nach der Schule drei ganze Jahre lang durch die Welt gereist, hat gejobbt, ist weiter gereist, hat uns Postkarten geschickt, während wir hier gewartet haben, dass er endlich wieder kommt und eine vernünftige Ausbildung macht.“

„Das mache ich doch jetzt, Mama“, Mark zwinkerte mir zu, und ich musste mich zusammenreißen, um ihn nicht einfach stürmisch zu umarmen.

„Raten Sie, wo es ihm am besten gefallen hat!“, forderte Ricarda mich auf.

Ich zuckte die Schultern. „Keine Ahnung.“

„In Deutschland. Ausgerechnet. Anstatt, dass er sich das sonnige Italien oder das wunderschöne Frankreich aussucht. Oder England, wo sie wenigstens Englisch sprechen. Nein, es musste Deutschland sein. Ich frage mich, wieso? Wir haben keinerlei Verbindung zu Deutschland, keine Verwandten oder so. Aber Mark blieb gleich über ein Jahr dort, hat sich das ganze Land angesehen und spricht jetzt sogar ein paar Brocken Deutsch.“

Ricarda hatte munter drauflos geplaudert, während sie uns einen Tee aufbrühte. Jetzt sah sie zu mir herüber und erschrak.

„Anne, was ist los? Geht es Ihnen wieder schlechter? Warum weinen Sie denn?“

Ich hätte mich wirklich besser beherrschen müssen. Aber das war alles zu viel für mich. Ich wusste genau, warum es Mark nach Deutschland zog. Er spürte seine Wurzeln. Sollte ich den beiden jetzt doch gleich hier erzählen, dass wir eine Familie waren?

„Moment, ich habe noch etwas da, um den Kreislauf zu stärken“, rief Ricarda in dem Moment, verschwand aus der Küche und kehrte kurz danach mit einer Packung Tabletten zurück. Nachdem ich brav zwei Pillen geschluckt und meine Tränen zurückgehalten hatte, war dieser eine Augenblick vorbei, an dem ich fast alles verraten hätte. Stattdessen erzählte ich den beiden, dass ich selbst in Deutschland geboren und als junges Mädchen ausgewandert war. Sie nickten verständnisvoll und schoben meinen kleinen Schwächeanfall auf die Tatsache, dass mich die Erinnerung an die alte Heimat übermannt hatte. Ich ließ sie in dem Glauben.

„Haben Sie denn noch Familie in Deutschland?“, fragte Mark.

„Ja, meine kleine Schwester Hannah mit ihrem Mann und zwei Kindern. Leider sehen wir uns nur selten.“

„Was ist mit Ihren Eltern?“, fragte ich Ricarda und blickte ihr in die Augen.

Sie antwortete arglos. „Oh, sie sind wundervoll. Sie leben oben in Queensland, da bin ich auch aufgewachsen. Ich hätte mir keine besseren Eltern wünschen können. Sie haben mir wirklich jeden Wunsch von den Augen abgelesen. Es tut mir nur leid, dass ich sie jetzt nur so selten sehe. Sie sind inzwischen auch alt und reisen nicht mehr so gerne. In den Ferien fahren wir sie natürlich immer besuchen.“

Ich nickte, und schaffte es tatsächlich meine Tränen diesmal mit einem kleinen Lächeln zurückzuhalten.

Ricarda blickte auf die Uhr. Sie hatte noch eine Verabredung mit einer Freundin. Und Mark wollte seinen Rasen zu Ende mähen. Wir verabschiedeten uns, und mein Enkel brachte mich noch bis zu meinem Auto.

„Wenn Sie mal wieder in der Gegend sind, kommen Sie doch gerne auf einen Tee bei uns vorbei. Ich glaube, meine Mutter mag Sie!“, sagte er zum Abschied.

Auf dem Weg nach Hause musste ich einmal auf einem Parkplatz halten, weil ich nicht weiterfahren konnte. Meine Hände zitterten auf dem Lenkrad und meine Tränen vernebelten mir die Sicht. Ich war so unendlich glücklich, dass Ricarda lebte, dass es ihr gutging und dass ich so einen tollen Enkel hatte. Wie es nun weitergehen soll? – Ehrlich gesagt, ich weiß es nicht.

14

Ich schlage das Tagebuch zu. Es endet mit dem Besuch Annes bei ihrer Tochter vor etwa einem Jahr. Was ist danach geschehen? Hat sie Ricarda noch erzählt, dass sie ihre richtige Mutter ist? Ich kann nicht glauben, dass die Geschichte hier einfach so endet. Irgendetwas muss noch geschehen sein, bevor Tante Anne gestorben ist.

Ruhelos gehe ich im Zimmer auf und ab. Der Sturm hat noch immer nicht nachgelassen. Er rüttelt an den Fenstern und heult in den Bäumen. Es hat keinen Sinn, heute noch einmal rauszugehen. Ich werde mich nebenan ins Restaurant setzen, eine Suppe essen und früh zu Bett gehen. Bei dem Wetter ist auch im von Kerzen erhellten Gastraum nicht viel los. Drei Paare haben sich zum Dinner eingefunden, und ausgerechnet machen sie alle einen sehr verliebten Eindruck. Das kann ich heute überhaupt nicht gebrauchen. Ich komme mir ziemlich einsam vor. Außer mit der Bedienung habe ich den ganzen Tag mit niemanden gesprochen. Kein Mensch hat versucht, mich anzurufen. Und David? – Der scheint mich aus seinem Leben gestrichen zu haben. Es tut weh, wenn ich an ihn denke. Ich habe solche Sehnsucht nach ihm. Noch nie hatte ich mich so sicher und beschützt gefühlt, wie in seinen Armen. Aber was wusste ich schon von ihm? – Vielleicht war er in Wirklichkeit ein wahrer Frauenaufreißer, der jetzt mit seinen Kumpels in der Kneipe saß und ihnen von seiner neuesten Eroberung aus Germany erzählte. Und ich hocke hier und habe Liebeskummer. Schön blöd! Ich muss unbedingt versuchen, ihn zu vergessen.

Da fällt mir ein, dass doch jemand versucht hat, Kontakt mit mir aufzunehmen. Mein Ex-Mann. Heute Morgen war ich noch stinksauer, als ich seine sms gelesen habe. Jetzt denke ich ein wenig anders. Immerhin ist er offenbar der einzige, der an mich denkt. Und wir hatten ja auch unsere guten Zeiten. Im Geiste zähle ich sämtliche positiven Eigenschaften von Rainer auf. Ich halte mir vor Augen, dass er fleißig arbeitet, nicht raucht und nicht trinkt und natürlich auch nie im Knast gesessen hat. Meine Eltern mögen ihn. Manche meiner Freundinnen auch. Und nun erwägt er sogar ein Pflegekind mit mir zu haben. Mmh. Vielleicht sollte ich ihm eine zweite Chance geben?

Ich hole mein Handy aus der Tasche und schreibe eine sms.

Lieber Rainer, ok, ich hole dich ab. Vielleicht probieren wir es nochmal miteinander. See you in M. Deine C.

Gott sei Dank, am nächsten Morgen scheint wieder die Sonne. Nach dem Frühstück werde ich im Hotel auschecken und mich auf den Weg zu den zwölf Aposteln machen. Die weltberühmten Felsen an der Great Ocean Road sind das letzte Reise-Highlight auf meiner Liste, bevor es zurück nach Melbourne geht. Ob ich vorher noch kurz bei Annes Freundin vorbei schaue? Beim Kaffeetrinken krame ich meine Reiseunterlagen heraus und suche nach ihrer Adresse. Eve Miller steht auf der ausgedruckten E-Mail von Anne. Da fällt der Groschen. Eve! Plötzlich schlägt mein Herz schneller. Das muss die Eve sein, die Anne auf dem Markt getroffen hat. Diejenige, die sie überhaupt darauf gebracht hat, dass ihre Tochter noch leben könnte.

Jetzt besteht für mich kein Zweifel mehr, dass ich diese Eve besuchen muss. Vielleicht weiß sie, was geschehen ist, nachdem Anne mit dem Tagebuchschreiben aufgehört hat. Ich werfe noch einen letzten Blick auf meine Koala-Freunde, die träge in den Bäumen sitzen und ihre Eukalyptusblätter kauen, trinke meinen Kaffee aus und zahle die Rechnung. Laut Navi sind es bis Eves Haus nur ein paar Minuten.

Kurze Zeit später habe ich die Adresse gefunden. Ein schmaler Weg führt zwischen Dünen zu einer kleinen, hellgrün gestrichenen Hütte. Direkt dahinter rauscht der Ozean. Ich klingel und warte, aber niemand öffnet die Tür. Ich ärgere mich, dass ich nicht gestern schon auf den Zettel geguckt und Eve angerufen habe. Immerhin steht ein älterer Kia in der Einfahrt. Vielleicht ist sie nur kurz zu einem Spaziergang aufgebrochen. Bevor ich die Flinte ins Korn werfe, werde ich zumindest einmal ums Haus laufen und nach ihr schauen.

Der Ausblick vom Garten aufs Meer ist atemberaubend. Ich bleibe einen Augenblick stehen und genieße das Farbenspiel von Himmel und Ozean, den Duft des Meeres, den Klang der Brandung. Da sehe ich im hintersten Teil des Rasens ganz nah am Abhang zum Strand etwas Merkwürdiges. Ein dünnes, grauhaariges Wesen steht auf seinen Händen und hält sein Hinterteil bewegungslos und waagerecht in der Luft. Die Krähe. In Vollendung. Ich hole tief Luft und starre weiterhin auf die Erscheinung, die meine Anwesenheit noch nicht bemerkt zu haben scheint.

Jahrelang hatte ich in meiner Yogaschule geübt, um die Krähe so hinzubekommen. Doch nie war es mir gelungen. Entweder war ich wie ein dicker Käfer vornüber auf den Kopf gefallen, seitlich umgekippt oder war sofort wieder auf meinen Füßen gelandet. Diese Frau – offenbar die gesuchte Eve – ist mindestens 80 und schafft die schwierige Yogastellung mit Leichtigkeit.

Ich bin schlicht von den Socken. Langsam trete ich näher und räuspere mich. Die Frau kommt behutsam und elegant aus ihrer Stellung heraus, richtet sich gestreckt auf und wendet sich mir mit einem Lächeln zu.

„Sie möchten zu mir?"

„Bitte entschuldigen Sie die Störung. Eigentlich hatte ich Sie zusammen mit meiner Tante Anne besuchen wollen. So war es jedenfalls geplant."

Noch bevor ich weitersprechen kann, unterbricht die Frau mich.

„Dann musst du Claudia aus Deutschland sein! Wie schön, dass du mich besuchen kommst. Ich hatte darauf gehofft, aber nicht damit gerechnet. Komm, wir gehen auf die Terrasse und unterhalten uns."

Flink rollt Eve ihre Yogamatte zusammen und geht barfuß über den Rasen zurück zum Haus.

„Ich muss gestehen, als ich eben deine Krähe sah, bin ich ein bisschen neidisch geworden. Ich übe diese Stellung seit Jahren und kann sie bis heute nicht."

Eve lacht und dreht sich zu mir um.

„Du machst auch Yoga? Dann haben wir schon etwas gemeinsam. Und die Krähe lernst du auch noch. Eigentlich ist sie nicht schwer. Bei ihr kommt es vor allem auf die Balance an. Wie eigentlich immer im Leben…“.

Eve wirft ihre Yogamatte in die Ecke, zieht sich ein paar dicke, bunte Socken an und eine Strickjacke über ihre Trainingssachen.

„Zum Glück hat sich der Sturm gelegt. Wenn es dir nicht zu kalt ist, können wir draußen sitzen. Magst du?“

Ich nicke. So einen Ausblick habe ich nicht alle Tage. Und außerdem liegt die Terrasse windgeschützt hinter dem kleinen Holzhaus.

„Warte kurz, ich mache uns nur schnell einen Kaffee. Bin gleich wieder da!“, ruft Eve und verschwindet im Haus. Ich kuschel mich tief in einen bequemen Korbstuhl und stelle fest, dass mir Eve auf Anhieb ziemlich sympathisch ist.

Als sie mit dem frischen Kaffee zurückkommt, schüttelt sie lächelnd den Kopf. „Genau in diesen Sessel hat sich deine Tante auch immer gesetzt, wenn sie mich hier in meinem Ferienhaus besucht hat. Es ist so schade, dass ihr diese Reise nicht mehr zusammen unternehmen konntet. Anne hatte sich wahnsinnig darauf gefreut. Sie hat immer wieder von dir geredet und davon, was sie dir hier alles zeigen wollte.“

„Ja, ich weiß. Ich habe mich schon so geärgert, dass ich nicht früher nach Australien gekommen bin und sie besucht habe. Fast hätte ich die Reise auch gecancelt, nachdem Tante Anne gestorben war. Aber nun bin ich froh, dass ich hier bin. Und ich habe mich ziemlich exakt an ihren Reiseplan gehalten.“

Eve schaut mich prüfend über den Rand ihres Kaffeebechers hinweg an.

„Und ich kann spüren, dass du so einiges erlebt hast, in den vergangenen Wochen. Habe ich recht?“

Ich merke, wie ich erröte. „Du hast recht. Zuerst hat mein Navi mich ständig in die falsche Richtung geschickt und ich habe mich total verirrt. Dann hatte ich eine Reifenpanne, die Besitzer meines Hotels waren verreist, ein Wallaby ist mir vors Auto gerannt, ich bin trotz meiner Höhenangst auf eines der höchsten Gebäude der Welt gefahren und in einem Heißluftballon mitgereist. Tja, und was noch?“

Und dann hatte ich auch noch Sex mit einem Wildfremden und habe mich unsterblich in ihn verliebt, denke ich. Aber das sage ich natürlich nicht.

Eve lächelt mich geheimnisvoll an. Ich hoffe, sie kann nicht auch noch Gedanken lesen.

„Und was ist mit den Menschen, die dir hier begegnet sind?“

Verdammt, sie kann es wohl doch. Meine Wangen fühlen sich heiß an.

„Tja, da hat es auch interessante Begegnungen gegeben“, antworte ich lahm.

Eve lacht lauthals los. „Vielleicht erzählst du es mir später! Wie lange kannst du eigentlich bleiben?“

„Ich wollte heute noch zu den zwölf Aposteln fahren und danach zurück nach Melbourne. Dort bleibe ich noch ein paar Tage bei Annes Freundin Liz bis ich zurück nach Deutschland fliege.“

Eve runzelt die Stirn und schiebt mit den Teller mit Keksen zu.

„Ich mache dir einen Vorschlag, Claudia. Bleib doch einfach heute Nacht hier und fahr erst morgen zu den Aposteln. Sie laufen nicht weg. Wir könnten am Strand spazieren gehen, zusammen zu Abend essen und uns etwas erzählen. Du kannst gerne auf meinem Sofa übernachten, da haben schon viele Gäste geschlafen. Auf einen Tag kommt es dir doch bestimmt nicht an. Ich habe das Gefühl, dass wir uns noch viel zu sagen haben."

Diese Eve wird mir immer rätselhafter, aber andererseits hat sie recht. Außerdem fühle ich mich wohl in ihrer Gegenwart und es tut mir gut, mit jemanden zu sprechen.

„Okay, wenn es dir wirklich nichts ausmacht, bleibe ich gerne noch einen Tag länger."

15

„Ist das nicht ein herrliches Fleckchen Erde? Ich möchte nirgendwo sonst auf der Welt sein!“, ruft Eve gegen das Tosen der Brandung und lacht.

Wir stapfen den weißen Strand entlang und sind tatsächlich die einzigen, die hier spazieren gehen und ihre Spuren im Sand hinterlassen. Die Badesaison ist längst vorbei, die Touristen sind nach Hause gefahren. Wie schon einige Male in Australien überkommt mich auch jetzt wieder das Gefühl völliger Freiheit und innerer Ruhe. Ich kann gut verstehen, dass Eve in ihr Feriendomizil verliebt ist.

„Wie oft bist du hier?“, frage ich sie.

„Den ganzen Sommer über. Und auch sonst ziemlich oft, fast jedes Wochenende.“

„Und du fühlst dich nie einsam?“

Eve schaut mich belustigt an. „Nein, eigentlich nicht. Außerdem hat Einsamkeit doch nichts mit dem Ort zu tun, an dem man lebt. Mein eigentliches Appartement liegt in einem Vorort von Melbourne, an einer großen Straße mit vielen Häusern, vielen Menschen. Da habe ich mich einsamer gefühlt als hier.“

„Warst du verheiratet?“

Eve schüttelt den Kopf. „Nein, nie. Aber ich hatte eine Partnerin, mit der ich über 30 Jahre zusammen gelebt habe: Joan. Sie ist vor einigen Jahren gestorben. Krebs. Seitdem lebe ich alleine.“

„Das tut mir leid, Eve.“

„Oh, ist schon gut. Es ist lange her, und wir hatten eine schöne Zeit zusammen. Ich bin dankbar, dass wir uns hatten. Und auch wenn ich Joan vermisse, bin ich doch auch froh über mein jetziges Leben. Ich habe viele gute Freunde, und ich genieße jeden Augenblick.“

„Und Anne? Kanntet ihr euch lange?“

Eve seufzt und blickt einer Möwe nach, die über das Meer fliegt.

„Ich habe deine Tante vor vielen, vielen Jahren oben in Queensland kennengelernt. Dann haben wir uns aus den Augen verloren, bis ich sie vor eineinhalb Jahren plötzlich auf einem Markt in Melbourne wieder gesehen habe. Seitdem haben wir uns oft getroffen. Bis sie zu ihrem Tod.“

Ich hadere damit, ob ich Eve erzählen soll, dass ich Annes Tagebuch gelesen habe und über ihre Tochter Bescheid weiß. Aber andererseits muss ich unbedingt wissen, ob Anne noch mit Ricarda gesprochen hat. Eine Weile gehen wir still am Meer entlang. Dann nimmt Eve den Faden wieder auf.

„Was beschäftigt dich Claudia? Ich merke doch, dass du mir irgendetwas sagen willst.“

Jetzt oder nie. „Du hast recht. Allerdings ist es mir etwas unangenehm. Es ist nämlich so, dass ich Annes Tagebuch gefunden habe, als ich in ihrem Zimmer übernachtet habe. Tja, und ich habe es auch gelesen.“

Eve zieht erstaunt die Augenbrauen hoch.

„Anne hatte ein Tagebuch geschrieben?“

„Ja, deswegen weiß ich jetzt auch über ihre Tochter Bescheid. Niemand aus unserer Familie hat davon gewusst. Das Ganze ist so eine traurige Geschichte. Ich wüsste so gerne wie sie geendet ist. Das Tagebuch hört damit auf, dass Anne ihre Tochter und ihren Enkel kennenlernt, ihnen aber nicht sagt, wer sie eigentlich ist.“

„Ist eine Geschichte je wirklich zu Ende?“, fragt Eve mit leiser Stimme. „Soviel ich weiß, hat sie Ricarda und Mark nie die Wahrheit gesagt. Wir haben oft darüber gesprochen, was richtig oder falsch ist. Lizzie hat getobt!“.

Eve lacht in Erinnerung an die Diskussionen.

„Liz fand, dass Ricarda ein Recht darauf habe, zu erfahren, wer ihre leibliche Mutter ist. Und dass Anne ebenso ein Recht darauf habe ihren Lebensabend im Kreise ihrer kleinen Familie zu verbringen. Und Lizzie ist wirklich eine sehr temperamentvolle Person!“

Eve schüttelt kichernd den Kopf und spricht weiter.

„Anne dagegen hat meist immer zuerst an die anderen gedacht. Sie glaubte, dass sie ihrer Tochter nur schaden würde, wenn sie ihr Leben so durcheinanderbringen würde. Sie liebte ihre Tochter bedingungslos und wollte nur das Beste für sie. Auch wenn das hieß, auf die große Familienzusammenführung zu verzichten.“

„Wie standest du dazu?“

„Es war nicht meine Angelegenheit“, antwortet Eve. Und stellt mir eine Gegenfrage.

„Stell dir vor, eine wildfremde Frau taucht aus heiterem Himmel bei dir Zuhause auf und behauptet, dass deine geliebte Mutter gar nicht deine Mutter ist. Sondern sie selbst sei deine Mutter. Wie würdest du das finden?“

Ich schnappe nach Luft. So hatte ich die Sache noch gar nicht gesehen.

„Ich weiß es nicht“, muss ich zugeben.

„Siehst du“, nickt Eve und bleibt stehen. „Manchmal sollte man vielleicht auch mal in die Schuhe des anderen schlüpfen, bevor man eine Entscheidung fällt.“

Wir drehen um und gehen den Strand zurück zum Haus. Irgendwie kann ich immer noch nicht fassen, dass Ricarda weiterhin gar nicht weiß, dass Anne ihre Mutter war.

„Wie konnte Anne damit leben?“

Eve antwortete nicht sofort.

„Oh, es war nicht so einfach für sie. Manchmal zweifelte sie selbst daran, ob es richtig war, die Wahrheit zu verschweigen. Sie hatte natürlich große Sehnsucht nach ihrer Familie. Und dann zu wissen, dass sie nur einen Katzensprung von ihr entfernt leben..“

Eve macht eine Pause und denkt nach.

„Aber alles in allem war Anne am Schluss zufrieden mit ihrem Leben. Ein paar Tage nachdem wir uns auf dem Markt getroffen hatten, kam sie zum ersten Mal bei mir vorbei. Mit einem riesigen Blumenstrauß. Sie wollte sich bedanken, dass ich sie angesprochen und von meiner Begegnung mit Mrs. Jones damals erzählt hatte. Danach haben wir oft Zeit miteinander verbracht. Einmal sagte sie: Was für ein Zufall, dass wir uns auf dem Markt getroffen haben. Aber hätte das nicht schon viel früher passieren können? Damals als ich noch jung war und Ricarda noch klein?“

Das Gleiche hatte ich selbst auch schon gedacht.

„Aber natürlich gibt es keine Zufälle im Leben. Alles was geschieht, soll so passieren. Und es liegt an uns, das Beste daraus zu machen.“, sagt Eve.

Ich zucke die Schultern, nicht so ganz überzeugt. Inzwischen sind wir wieder am Haus angelangt. Es ist später Nachmittag, und langsam wird es wieder kühl.

Eve öffnet die Tür, und ich bemerke erst jetzt, dass sie gar nicht abgeschlossen hatte. Ihr kleines Ferienhaus ist im fernöstlichen Stil eingerichtet. Die Möbel sind aus dunklem, polierten Holz, auf dem Sofa reihen sich bunte Kissen mit Elefanten und Tempeln. In einer Zimmerecke thront ein dicker, lächelnder Buddha.

„Bist du Buddhistin, Eve?“, frage ich erstaunt.

„Naja, nicht ganz. Aber sagen wir: buddhistisch angehaucht. Allerdings bin ich Vegetarierin. Und für heute Abend hatte ich Ratatouille mit Reis vorgesehen. Magst du das?“

„Na klar, gerne sogar.“

Während ich meine Sachen aus dem Auto hole und ein Feuer im Kamin entfache, bereitet Eve das Essen vor. Schon bald durchzieht ein köstlicher Duft die kleine Hütte, so dass mir das Wasser im Munde zusammen läuft.

Kurz darauf sitzen wir bei Kerzenlicht am Esstisch, lassen uns das Gemüse schmecken, trinken einen kräftigen Rotwein dazu und unterhalten uns. Ich erzähle Eve von meinem Leben in Deutschland, meiner Scheidung von Rainer und meiner Tour durch Victoria. Eve erweist sich als gute Zuhörerin. Sie schaut mich aufmerksam an, unterbricht mich hin und wieder mit einer Frage und verzichtet darauf, Kommentare abzugeben. Am Ende bin ich so ins Erzählen geraten, dass ich ihr sogar die Geschichte mit David verrate. Eigentlich hatte ich das ganz und gar nicht vorgehabt, aber nun merke ich erst, wie gut es mir tut, endlich mit jemand darüber zu reden.

„Tja, wieder mal Pech gehabt. Nun muss ich wirklich versuchen, mir den Kerl aus dem Kopf zu schlagen“, ende ich meine Erzählung mit einem schiefen Lächeln.

„Wirklich? Warum solltest du das?“, fragt Eve erstaunt.

„Na, das ist doch wohl offensichtlich. Er will nichts mehr mit mir zu tun haben, sonst hätte er sich doch längst gemeldet.“, antworte ich entrüstet.

„Woher willst du das wissen? Er hat sich nicht gemeldet, okay. Aber vielleicht konnte er das nicht. Du weißt nicht, was passiert ist, Claudia. Verurteile ihn nicht für Dinge, die du dir einfach nur zurecht reimst.“

Ich bin keineswegs überzeugt und nehme kopfschüttelnd noch einen Schluck Wein. „Quatsch, für mich ist die Sache klar. Er hat das mit uns als kleines, nettes Abenteuer zu den Akten gelegt.“

Eve lächelt nachsichtig. „Vielleicht. Vielleicht auch nicht. Nach allem, was du mir erzählt hast, glaube ich, dass etwas anderes dahintersteckt. Lass einfach alles auf dich zukommen. Du weißt doch, Zufälle gibt es nicht. Es steckt ein Sinn dahinter, dass du diesem David in dem Café begegnet bist. Warte einfach ab. Die Antwort wird von selbst zu dir kommen.“

16

Nach dem Frühstück verabschiede ich mich von meiner neuen Freundin und setze meine Reise fort. Ich muss einfach nur weiter der Great Ocean Road folgen, sie bringt mich direkt zu den zwölf Aposteln, den berühmten Felsen, die kein Tourist in Victoria verpassen darf.

„Hier, das ist mein Geschenk für dich und gleichzeitig mein Auftrag. Etwa zwei Stunden von hier, kurz vor den Felsen, auf der rechten Straßenseite hinter Port Campbell, siehst du ein Schild, dass dich zu den 12 Apostles Helicopters führt. Da lässt du dich im Hubschrauber über die Küste fliegen.“

Mit diesen Worten drückt mir Eve einen größeren Geldbetrag in die Hand und sieht mich mit einem generalstabmäßigen Blick an, der keine Widerworte duldet.

„Eve, das kann ich nicht annehmen…“, versuche ich es trotzdem. Erfolglos.

„Claudia, mach es einfach. Deine Tante hätte es auch so gewollt. Ich weiß, dass es wichtig für dich ist. Also halt die Klappe, und befolge den Rat einer alten Frau.“

Jetzt grinst sie, und ich gebe auf. Wir umarmen uns noch einmal herzlich, und dann steige ich in meinen Lancer und brause davon.

Tatsächlich erreiche ich exakt zwei Stunden später die kleine Hubschrauberbasis für die Rundflüge mit Touristen. Noch vor zwei Wochen hätten mich weder die Queen von England noch Brad Pitt dazu gebracht, in einen Helikopter zu steigen. Es hat sich einiges geändert in meinem Leben.

Ohne mit der Wimper zu zucken, frage ich jetzt nach einem Flug über die Küste und habe Glück. Der nächste Heli startet in zwanzig Minuten und hat noch einen Platz frei. Der Flug dauert nur ein paar Minuten und kostet 95 Dollar. Bevor ich noch groß zum Nachdenken komme, sitze ich wenig später neben dem Piloten in der verglasten Kanzel, während hinter uns noch ein Urlauber aus Queensland hockt. Der sieht allerdings etwa weiß um die Nase aus und sagt kein Wort. Der Hubschrauber macht einen Höllenlärm, bevor er abhebt und wir zuerst über grüne Wiesen, dann über die Klippen hinaus aufs Meer fliegen. Die Aussicht lässt mein Herz fast zerspringen. Riese Kalksteinfelsen ragen vor der Steilküste aus dem Meer. Tatsächlich sind es gar nicht zwölf, sondern nur acht Felsen. Das hatte ich vorher schon in meinem Reiseführer nachgelesen. Langsam erobert sich das Meer nämlich seine Küste zurück. Berüchtigt war sie wegen ihrer gefährlichen Strömungen bei Seeleuten schon immer.

Der Pilot gibt mir ein Zeichen, dass ich nach unten schauen soll. Meterhoch schlagen die Wellen hier gegen die Felsen und versprühen ihre Gischt. Ein gewaltiger Anblick. Mehr als 160 Schiffswracks sollen hier auf dem Grund des Meeresbodens liegen. „Es gibt ein paar ziemlich gruselige Geschichten über die Geister der Ertrunkenen“, grinst der Pilot und lässt seinen Heli noch einmal ganz nahe an den Felsen vorbeifliegen.

Viel zu schnell landen wir wieder bei der Hubschrauberbasis. Ich hätte noch ewig die Küste rauf und runter donnern können. Nicht eine einzige Sekunde lang hatte ich Angst verspürt.

Fast direkt am Parkplatz gibt es ein kleines Besucher-Informationscentrum. Von dort führt ein Holzweg zu verschiedenen Aussichtspunkten. Dorthin spaziere ich mit meiner Kamera, schieße Fotos, bewundere die wilde Landschaft und lasse mir Zeit. Im Geiste danke ich Eve dafür, dass sie mich überredet hat, den Helikopterflug zu machen. Er war wirklich das i-Tüpfelchen auf meiner Sightseeingtour durch Victoria.

Etwas wehmütig denke ich daran, dass man letzte Woche in Australien heute angebrochen ist. Am liebsten würde ich hierbleiben, so gut gefallen mir das Land, die Menschen, die Natur und die Tiere. An zu Hause, an meine Freunde und die Arbeit denke ich fast gar nicht mehr.

Plötzlich klingelt mein Handy. Ob das Rainer ist? Er könnte jetzt in Singapur sein und auf seinen Weiterflug nach Melbourne warten. Als ich aufs Display schaue, schlägt mein Herz auf einmal schneller. Es ist David.

„Hi Claudia. Es tut mir leid, dass ich erst jetzt anrufe. Ich habe dich nicht vergessen, aber es ist etwas Schlimmes passiert. Ich konnte mich nicht früher melden. Wo bist du jetzt?“

Allein seine Stimme zu hören, reicht aus, um mein Herz wie einen Presslufthammer zu spüren.

„Ich bin an den 12 Aposteln. Und du? Noch in Sydney?“

„Nein, in der Firma. Wann fährst du zurück nach Melbourne?“

„Heute noch. Ich denke, ich bin am späten Nachmittag oder frühen Abend zurück.“

Eine japanische Familie, Vater, Mutter, Großmutter und zwei Kinder bauen sich fürs Familienfoto vor den Aposteln direkt vor mir auf und quasseln ununterbrochen. Ich gehe ein paar Schritte weiter, um David besser zu verstehen. Was hatte er gerade gesagt, er will mich sehen?

„Bitte, Claudia, ich muss dich wiedersehen! Kannst du vorbeikommen? – Ich weiß, du bist bestimmt stinksauer auf mich. Und ich kann es dir nicht verübeln. Vielleicht kannst du auf deinem Rückweg nach Melbourne hier halten. Dann werde ich dir alles erklären.“

Ich kann es nicht verhindern, ein warmes Gefühl durchströmt meinen Körper, und ehe ich mich versehe, habe ich ihm zugesagt.

17

Die Fahrt zurück vergeht wie im Flug. Ich kann nur noch an David denken und frage mich, was Schlimmes passiert sein kann. Er klang ziemlich erschöpft und traurig am Telefon. Obwohl ich mir Sorgen mache, bin ich doch auch froh: Immerhin scheint es nichts mit uns zu tun zu haben, dass er sich nicht gemeldet hat.

Mein Navi zeigt an, dass ich schon in einer halbe Stunde bei ihm sein kann. Ich fahre zu einer Raststätte und gehe mich frischmachen. Wenn ich am Morgen gewusst hätte, dass ich David heute noch sehen würde, hätte ich auf jeden Fall etwas anderes angezogen. Kritisch begutachte ich mein bereits leicht zerknittertes T-Shirt. Jeans, Turnschuhe und Lederjacke tragen auch nicht gerade zu einem ladyliken Aussehen bei. Doch davon abgesehen, gefällt mir mein Spiegelbild. Ich sehe jung aus, lebendig. Meine Augen leuchten, mein Teint ist leicht gebräunt von den vielen Spaziergängen an der frischen Luft. Ich finde, ich sehe wirklich anders aus, als wie noch vor ein paar Wochen zu Hause. Und das ist gut so. Zufrieden trage ich noch ein wenig rosafarbenen Lippenstift auf, kämme mir die Haare und sprühe mir mein Lieblingsparfum hinters Ohr. Pleasure von Esteé Lauder. Es duftet nach Frühling, nach zarten Blüten. So, jetzt kann's losgehen. Wie versprochen rufe ich David nochmal kurz an, um meine genaue Ankunft anzukündigen. 30 Minuten später stehe ich vor seiner Haustür. Ich glaube, ich war noch nie so aufgeregt.

Kaum habe ich geklingelt, öffnet er schon die Tür. Er sieht müde aus, übernächtigt – und trotzdem sexy. Graue Bartstoppeln überziehen sein Kinn. Aber seine Augen leuchten, als er mich sieht. Er lächelt, fasst mich an beiden Händen und zieht mich ins Haus hinein. Keine Umarmung. Ich weiß nicht, was ich tun soll.

Wir gehen in die Küche.

„Möchtest du einen Kaffee?“, fragt er.

Ich nicke und komme mir seltsam unbeholfen vor. Was wird das hier alles?

Während er mit der Kaffeemaschine herum hantiert, setze ich mich an den Küchentisch und weiß nicht, was ich sagen soll. Vielleicht war es doch keine so gute Idee, herzukommen.

Und dann beginnen wir beide gleichzeitig zu sprechen – und lachen. Das Eis ist gebrochen.

„Du zuerst“, sage ich.

Er zuckt mit den Schultern und schiebt mir einen Becher mit Kaffee herüber.

„Also gut. Zuerst möchte ich mich tausendmal bei dir entschuldigen, dass ich mich nicht mehr gemeldet habe. An meinem letzten Tag in Sydney bekam ich einen Anruf von Matt, meinem ältesten Sohn. Er sagte mir, dass Tommy, mein jüngster Sohn einen schweren Autounfall gehabt hatte. Er war ins Krankenhaus gekommen und lag im Koma. Es sah nicht gut aus.“

Entsetzt starre ich David an. Mit so etwas hatte ich nicht im Traum gerechnet. Jetzt verstehe ich, warum er so entsetzlich mitgenommen aussieht.

„Oh nein, David, das tut mir leid. Was ist dann passiert?“

Er lächelt mich müde an. „Er lebt. Gott sei Dank. Und er ist überm Berg. Aber erst seit heute.“

Ich halte es nicht länger auf meinem Platz aus. Mit einem Satz sprinte ich auf die andere Seite des Küchentischs und werfe mich in Davids Arme. Er zieht mich fest an sich, streichelt mir über den Rücken und vergräbt seinen Kopf in meinem Haar.

Wie sehr hatte ich das vermisst. Ich schließe die Augen, genieße seine Berührung und möchte, dass die Zeit in diesem Moment stillsteht.

Erst nach einer Weile lösen wir uns wieder voneinander und David erzählt mir, dass er die erste Maschine nach Melbourne genommen hatte und danach keine Minute vom Krankenbett seines Sohnes gewichen war. Tagelang hatte Tommy zwischen Leben und Tod geschwebt. Erst heute Morgen war er aus dem Koma erwacht und war ansprechbar gewesen.

„Ich bin so froh, dass er es geschafft hat“, murmelt David und streicht sich über die Augen. Er hatte zwar geduscht und ein sauberes Hemd übergezogen, aber er wirkt trotzdem so, als habe er ewig nicht geschlafen.

„Kannst du bleiben, Claudia, oder fährst du gleich weiter zu deiner Bekannten?“

Er sieht mich erwartungsvoll an, und ich nicke stumm. Keine Frage, dass ich hierbleiben wollte. Diesmal ist er es, der mich nun zurück in seine Arme zieht. Und gleich darauf ins Schlafzimmer. Wir lieben uns langsam und leidenschaftlich. Ich schalte alle Gedanken aus. Die Zeit ist unwichtig geworden. Es gibt keinen Ort, an dem ich lieber wäre. Alles ist perfekt.

David schläft ein, ich liege noch immer in seinen Armen. Glücklich. Mein Blick fällt auf den Wecker auf seinem Nachttisch. Es ist 18.30 Uhr. Genau jetzt landet Rainer in Melbourne.

18

Die Stimme von Frank Sinatra reißt mich aus dem Schlaf. Mein Handy-Klingelton. Das Bett neben mir ist leer, dafür höre ich im Badezimmer die Dusche rauschen. Es ist halb sieben, wir haben tatsächlich zwölf Stunden geschlafen. Mit einer höchst angenehmen Unterbrechung gegen Mitternacht, erinnere ich mich. Ich springe aus dem Bett und krame mein Handy aus der Tasche. Mit schlechtem Gewissen. Das kann schließlich nur Rainer sein, der am Flughafen hockt. Was soll ich ihm sagen?

Aber es ist meine Freundin Sabine aus Deutschland.

„Sabine? Alles okay bei dir?“

„Na klar, meine Liebe. Immerhin habe ich jetzt schon fast eine Flasche Rotwein alleine getrunken, um die Zeit herumzukriegen, bis ich dich endlich anrufen kann. Zeitverschiebung und so.“

Sie klingt tatsächlich etwas angeschickert.

„Aber jetzt konnte ich echt nicht länger warten, sonst bin ich gleich besoffen. Habe ich dich denn geweckt oder warst du schon wach?“

„Naja, fast wach“, antworte ich. „Was gibt es denn? Ist irgendwas passiert?“

Sabine grunzt etwas ins Telefon, im Hintergrund höre ich den Fernseher laufen.

„Also erstens fehlt mir meine beste Freundin. Vorgestern hatte ich schon einen Albtraum, dass du ganz da unten bei den Kängurus bleiben würdest, weil du da so einen scharfen

Crocodile Dundee kennengelernt hast. Das ist ja wohl hoffentlich nicht passiert. Oder????“

Ich schlucke. Als Crocodile Dundee hatte ich David bisher noch nicht gesehen. Aber scharf war er natürlich auf jeden Fall.

„Sabine! Natürlich komme ich wieder nach Hause“, erwidere ich ausweichend. Aber das scheint sie dank dem Rotwein nicht so ganz mitzukriegen.

„Ja und dann wollte ich dir natürlich noch die Sache mit Rainer erzählen.“

„Mit Rainer? Wieso, was ist denn mit dem?“

Vorbei ist auf einmal die ungetrübte Zufriedenheit der vergangenen Nacht, das unglaubliche Gefühl gleichzeitig frei und geborgen zu sein.

„Wir haben ihn schon wieder in der Stadt getroffen. Und er war reichlich komisch. Hat uns erzählt, dass er fast eine Riesendummheit begangen hätte. Aber das jetzt wieder alles gut sei.“

Mir wird ganz mulmig im Bauch. Und ich sehe schon die Katastrophe auf mich zurollen.

„Sabine! Kannst du dich bitte mal etwas konkreter ausdrücken?“

Sie kichert. „Also, es war gar nicht so einfach, das alles aus ihm herauszukriegen. Er kann ja doch ganz schön verschlossen sein. Aber da hatte er wohl nicht mit MIR gerechnet. Warte! Ich muss noch den letzten Schluck Wein nehmen.“

Ich höre wie sie irgendetwas in sich hinein schüttet und ein Glas auf den Tisch stellt. Und ich weiß ganz genau, dass sie mich extra zappeln lässt.

„Also gut. Nachdem ich in gewohnter Form nicht locker gelassen habe, hat er uns erzählt, dass er mit dir telefoniert hätte. Und dass er zu dir nach Australien fliegen wollte. Ich dachte, ich spinne!"

Sabine legt eine kunstvolle Pause ein, und ich räuspere mich.

„Stimmt. Ich habe ihm natürlich abgeraten. Aber du weißt ja, wie er ist. Er hat dann einfach aufgelegt."

Sabine lacht kurz auf. „Typisch! Na, zum Glück ist er ja nicht geflogen."

„Ist er nicht?", bölke ich ins Telefon.

„Nee, dafür ist er ja jetzt wieder mit seiner Tussi zusammen. Ging wohl alles irgendwie hin und her und reichlich schnell. Keine Ahnung, ich bin jetzt auch total müde. Aber ich dachte, ich halte dich mal auf dem Laufenden, was hier alles so abgeht, während du dich durchs Outback, oder wie das da heißt, schlägst."

Ich muss mich wirklich zusammenreißen, um nicht laut aufzulachen. Grenzenlose Erleichterung durchströmt mich.

„Danke, Sabine. Du bist wirklich ein Schatz. Jetzt geh schön ins Bettchen. Ich bin ja bald wieder zu Hause. Dann erzähle ich dir haarklein, was ich hier alles erlebt habe. Good night!"

Ich packe das Handy wieder in die Tasche und gehe zurück ins Bett. Und ich bin ziemlich froh, dass ich die letzte sms, die ich vor drei Tagen an Rainer geschrieben hatte, doch nicht abgeschickt hatte.

„Hast du gut geschlafen, Darling?"

David kommt frisch geduscht und rasiert, nur mit einem Handtuch um die Hüften zurück ins Schlafzimmer und drückt mir einen Kuss auf die Lippen. Er riecht herrlich nach einem wahrscheinlich ziemlich teuren Aftershave. Ich räkele mich genüsslich in den Laken und finde mein Leben einfach fantastisch.

„Lust auf Frühstück?", fragt der Mann meiner Träume, der offenbar und leider nicht mehr zurück ins Bett zu wollen scheint.

„Ich könnte mir auch etwas anderes vorstellen…", versuche ich es trotzdem.

Kopfschüttelnd wehrt David ab. „Da denke ich, diese Claudia ist ein richtig schüchternes, braves Mädchen. Und dann so etwas…. Also ich hab Hunger und hole jetzt erst mal Brötchen. Bis gleich!"

Schade. Ich gehe in Davids ultramodernes Luxusbad und dusche in aller Ruhe, lasse das warme Wasser über meinen Körper rinnen und meine Gedanken noch einmal zur letzten Nacht zurückkehren. Ich bereue nicht eine Sekunde. Was auch immer passiert: diese Stunden an Davids Seite kann mir niemand mehr nehmen. Ich finde eine Bodylotion, creme mich ein und finde mich selbst wunderschön und begehrenswert – vielleicht zum ersten Mal in meinem Leben. Aus der Küche dringen vertraute Geräusche. Das Klappern von Geschirr, das vergnügte Pfeifen eines Mannes. Kaffeeduft steigt mir in die Nase. Ich schnappe mir einen großen Bademantel, der neben der Dusche hängt, hülle mich darin ein und begebe mich in die Küche.

„Du hast mir noch gar nicht erzählt, wie es auf der Eco-Lodge war und was du sonst noch in den letzten Tagen erlebt hast“, meint David, während er zwei Spiegeleier in die Pfanne haut und uns in wenigen Minuten ein Frühstück zubereitet.

Also lege ich erstmal los, berichte von meiner Reifenpanne, meinem Besuch auf der Lodge, den Zusammenstoß mit dem Wallaby, meinem Helicopter-Flug über die zwölf Apostel. David staunt nicht schlecht. Aber richtig große Augen bekommt er, als ich ihm auch alles andere erzähle. Das Tagebuch, die tragische Lebensgeschichte meiner Tante, mein Treffen mit Eve.

„Und was machst du jetzt?“, fragt er schließlich perplex.

Ich zucke mit den Schultern. „Ich weiß es nicht. Sag du es mir!“

David zieht die Augenbrauen hoch und sieht mich kopfschüttelnd an. „Puh! Schwierige Sache.“

Ich atme tief ein und nehme einen Schluck Kaffee. „Aber irgendetwas muss ich doch tun, oder? Stell dir vor, Ricarda, Margaret, wie auch immer, ist meine Cousine. Ich habe Familie in Australien. Und ich finde das großartig. Ich möchte sie gerne kennenlernen. Aber andererseits will ich auch den Wunsch meiner Tante respektieren. Obwohl sie sich doch nichts sehnlicher gewünscht hatte, als bei ihrem Kind zu sein, hat sie sich bis zuletzt nicht als Ricardas Mutter geoutet.“

Ich seufze nochmal tief und setze hinzu: „Ich möchte auch einfach nichts kaputt machen."

David nickt verständnisvoll. „Das kann ich verstehen. So eine Entscheidung sollte man nicht leichtfertig treffen. Denk gut darüber nach. Nur du allein kannst die richtige Wahl treffen. Du solltest auf dein Herz hören."

Na toll. Das war ganz und gar nicht die Antwort, die ich hören wollte. Sie hätte in etwa so auch von Eve stammen können, denke ich, während ich mein Spiegelei verspeise.

Wir haben fast eine Stunde beim Frühstück gesessen. Jetzt merke ich, dass David langsam unruhig wird. „Sorry, Claudia, ich muss gleich weg. Zuerst ins Krankenhaus zu meinem Sohn und dann in die Firma. Ich habe mich tagelang nicht um die Geschäfte gekümmert. Ich muss dringend ins Büro. Du kannst gerne noch hierbleiben und wir sehen uns dann heute Abend. Oder wie sehen deine Pläne aus?"

Meine Pläne? – Die hatte ich vorerst ganz aus meinem Kopf verbannt und nur die Gegenwart genossen. Ich sitze da, und weiß erstmal gar nicht, wie es weitergehen soll. Plan A war ja gewesen, zu Liz zurückzukehren und meine letzten Urlaubstage mit ihr zusammen in und um Melbourne zu verbringen. Aber nun will ich eigentlich nur noch jede freie Minute mit David zusammen sein.

Offenbar ist das bei ihm aber anders. Ich sehe ihm an, dass er mit seinem Gedanken schon weit weg ist. Bei seinem Sohn, bei seiner Arbeit. Ist da überhaupt noch Platz für mich?

19

„It never rains in southern california…“, klingt Albert Hammonds samtweiche Stimme aus den Radiolautsprechern meines Autos, während die Scheibenwischer hektisch hin und herfahren, um mir eine halbwegs freie Sicht zu ermöglichen. In Melbourne regnet es nämlich was das Zeug hält. Das Wetter passt zu meiner Stimmung.

Wie gemein vom Schicksal, mich erst wieder mit diesem wunderbaren Mann zusammen zu bringen, um ihn mir nur Stunden später erneut zu entreißen. Ich werde aus diesem David einfach nicht schlau. Einmal zieht er mich an sich und liebt mich mit einer Leidenschaft, die grenzenlos scheint, um mich dann wenig später kaum noch zu beachten. Seine Familie und der Job scheinen ihm auf jeden Fall wichtiger zu sein als ich.

Außerdem ärgert es mich, dass er mir einfach keinen Rat gegeben hat, was ich im Falle meiner nagelneuen Cousine unternehmen soll. Entscheidungen von größerer Reichweite zu treffen, überlasse ich am liebsten anderen. Oder dem Schicksal. Dann bin ich jedenfalls nicht schuld, wenn etwas schiefgeht. Und da David unzweifelhaft ein Mann mit Weitblick und Erfahrung ist, hatte ich insgeheim gehofft, dass er schon wüsste, wie ich mich am besten verhalten soll.

Vielleicht weiß er das ja auch und sagt es mir nicht, denke ich missmutig und starre auf die nasse, graue Fahrbahn vor mir.

Ich bin jetzt doch unterwegs zu Liz. Was soll ich den ganzen Tag alleine bei David herumsitzen, wenn er nicht da ist?

So großartig ich mich noch am Morgen gefühlt habe, so wenig scheint davon geblieben zu sein. Jeder Kilometer, den ich mich von Davids Haus entferne, raubt mir ein Stückchen Energie. Jetzt habe ich nur noch wenige Tage in Australien, die Zeit vergeht wie im Fluge. Ich will unbedingt alles richtig machen, und weiß doch nicht wie.

Ruck zuck bin ich wieder zu Hause in Deutschland, denke ich. Und dann? Geht alles so weiter, als ob nichts gewesen wäre? Aber wie soll das mit David und mir funktionieren, wenn gut 14.000 Kilometer Luftlinie zwischen uns liegen? Meine Stimmung sinkt auf den Nullpunkt.

Irgendwie habe ich noch keine Lust, mit Liz zu reden. Ich fahre ins Stadtzentrum, parke mein Auto, schnappe mir meinen Regenschirm und gehe los. Eigentlich könnte ich ein paar Souvenirs für meine Leute zu Hause kaufen, überlege ich. Gut vier Stunden streife ich durch die Geschäfte der Stadt, erstehe Schnapsgläser mit Kängurus drauf, bemalte Didgeridoos und Bumerangs. Genau wie vor zwei Wochen mit David spaziere ich durch die Laneways, aber diesmal macht es mir keinen Spaß. Ich mache Pause in einem netten Café, trinke einen großen Milchcafé, esse ein Sandwich und trödele herum. Der Einkaufsbummel hilft mir dabei, ein wenig abzuschalten, aber so richtig kommt meine Laune nicht in Schwung.

Auf dem Weg zurück zum Auto bleibe ich in einer ruhigen Nebenstraße vor dem Schaufenster eines winzigen

Shops stehen. In der Auslage sind hübsche Schmuckstücke aus bunten Perlen ausgestellt. „Handgearbeitet von Aborigines. Nur Einzelstücke“ steht auf einem Schild in dem Regal. Vielleicht sollte ich mir selbst ein nettes Armband oder etwas in der Richtung zur Erinnerung an Down Under kaufen? Ehe ich mich versehe, betrete ich den Laden und sehe mich einem Sammelsurium von Kunstgegenständen, Bildern, Ketten, Ringen und Steinen gegenüber. Ich bin die einzige Kundin. Und bis jetzt kann ich noch nicht einmal einen Verkäufer entdecken. Erst als ich näher zum Verkaufstresen mit der Kasse gehe, sehe ich, dass dahinter ein alter Mann sitzt. Seine Haut ist dunkel, der lange Bart grau. Er trägt ein verwaschenes T-Shirt und scheint in seine eigene Welt abgetaucht zu sein. Seltsamer Typ, denke ich. Er sagt kein Wort, nickt mir aber still zu. Es riecht ein wenig muffig im Raum, so, als ob hier ziemlich alte Sachen gelagert werden und nur selten gelüftet wird. Von draußen fällt dämmriges Licht hinein. Lediglich das Ticken einer großen Wanduhr unterbricht die Stille. Normalerweise würde ich einen solchen Laden sofort wieder verlassen. Aber irgendetwas hält mich zurück.

Vorsichtig bewege ich mich zwischen den vollgepfropften, leicht verstaubten Regalen, sehe mir Korallenketten und Ringe aus leuchtenden Türkisen an. Besonders gut gefällt mir eine silberne Kette mit einem kleinen geschliffenen Opal, der in einem blau-grünen Ton schimmert. Ich nehme die Kette aus dem Regal, um sie mir genauer anzusehen, da wird die Einkaufstür mit einem Ruck aufgerissen und ein Schwall kalter Luft und hellen Lichts dringt in den Raum.

„Eine ausgezeichnete Wahl!“, ruft ein junger Mann, der nahezu in derselben Sekunde neben mir steht und anerkennend auf die Kette blickt.

„Das ist ein Opal. Unser nationaler Edelstein. Die Legende sagt, dass die wirbelnden Farben dieses Steins entstanden, als ein Regenbogen auf die Erde fiel.“ Jetzt blickt der Mann, er kann höchstens 20 Jahre alt sein, in mein Gesicht und strahlt mich an.

„Die Kette wird ihnen fabelhaft stehen. Und ich mache ihnen einen sehr guten Preis.“

Ich lächle, und hoffe, dass ich sie mir leisten kann. Denn eigentlich hatte ich schon in dem Moment beschlossen, sie zu kaufen, als ich sie gesehen hatte.

„Sie arbeiten also hier?“, frage ich den Jungen vorsichtshalber. Seinem Aussehen nach scheint er ein Aborigine zu sein. Nun bin ich schon über zwei Wochen in Australien unterwegs, habe aber noch keinen der australischen Ureinwohner näher kennengelernt.

„Ja, der Laden gehört meinem Großvater. Er sitzt dahinten an der Kasse.“ Er weist mit dem Kopf in Richtung des alten Mannes. Und fährt dann leiser fort: „Er redet nicht viel. Aber er passt auf, wenn ich mir mal schnell einen Hamburger hole. So wie eben.“

Ich nicke, lege mir die Kette um und betrachte mich in einem kleinen Spiegel, der dringend mal wieder geputzt werden müsste. Sie steht mir tatsächlich gut. Der Opal passt perfekt zur Farbe meiner Augen. Der Verkäufer nennt mir einen Preis, der wirklich erschwinglich ist, und kurze Zeit später wandert die Kette in meinen Besitz über. Als ich bezahle, spüre ich den stechenden Blick des alten Ladenbesitzers auf mir ruhigen. Ein mulmiges Gefühl beschleicht mich.

Jetzt sagt er etwas in einer Sprache zu mir, von der ich kein Wort verstehe. Hilflos schaue ich seinen Enkel an, der schon etwas die Augen verdreht.

„Er sagt, Sie seien auf der Suche“, übersetzt er.

„Auf der Suche? Nach was denn?“, frage ich zurück.

Der alte Aborigine verzieht keine Miene, antwortet nun aber auf Englisch.

„Auf der Suche nach einer Antwort. Und auf der Suche nach dir selbst.“

Prompt richten sich die kleinen Härchen auf meinen Unterarmen auf. Meine Kehle fühlt sich staubtrocken an, als ich zu einer Antwort ansetze.

„Und wie… wie lautet die Antwort?“

Jetzt bringt der Mann mit den langen, grauen Haaren sogar ein Lächeln zustande. Er blickt mich an, als könne er auf den Grund meiner Seele schauen, und ich halte den Atem an. Was weiß der über mich?

„Das kann ich dir nicht sagen. Aber hab keine Angst. Die Antwort wird von allein zu dir kommen. Sie wird dich finden.“

Jetzt verspüre ich am ganzen Körper eine Gänsehaut. Ich will nur noch aus diesem unheimlichen Laden heraus.

„Tja, dann, danke. Und auf Wiedersehen“, murmel ich schnell, nicke den beiden noch einmal zu und verlasse mit weichen Knien das Geschäft. Ich haste durch die dämmrigen Straßen, das Auto kann eigentlich nicht mehr weit weg sein. Kurz bevor ich es erreiche, höre ich schnelle Schritte hinter mir. Jemand ruft: „Ma'am? Können Sie kurz warten?"

Ich drehe mich um, und sehe, dass der Enkel des Ladenbesitzers hinter mir her gerannt ist. Schweratmend kommt er vor mir zum Stehen.

„Habe ich was vergessen?", frage ich.

Er schüttelt den Kopf, noch völlig außer Puste.

Dann nimmt er meine Hand, legt mir einen kleinen, runden Gegenstand hinein und drückt sie wieder zu.

„Das soll ich Ihnen von meinem Großvater geben. Es ist ein Geschenk, ein Talisman. Er sagt, es ist Ihr Totem, und es wird Ihnen helfen. Wir Aborigines halten große Stücke auf so etwas. Und mein Großvater sowieso, denn sein Vater war ein berühmter Schamane unseres Volkes."

Erstaunt blicke ich zunächst auf ihn und dann auf meine Handfläche. Darin liegt ein flacher, heller Stein, auf den eine Schildkröte gemalt ist. Ihre Augen leuchten weiß. Und auf ihrem roten und ockerfarbenen Panzer ist ebenfalls eine schmale, weiße Linie gezeichnet. Ich schaue auf und will mich bei dem Aborigine bedanken. Aber da ist er schon verschwunden.

20

Es duftet nach Thymian, Oregano und Rosmarin. Mir läuft schon das Wasser im Munde zusammen, wenn ich an den Nudelauflauf mit Gemüse denke, der jetzt noch im Ofen vor sich hin blubbert. Es ist gemütlich und warm in der Küche, während draußen noch immer der Regen gegen die Fenster trommelt. Vor mir steht bereits ein Glas trockener Rotwein auf dem Esstisch und gegenüber sitzt Liz und hört sich mit großen Augen meinen Reisebericht über die letzten zwei Wochen an. Die Kurzversion wohlgemerkt. Den Teil, der David betrifft, habe ich erstmal weggelassen.

„Das gibt's doch nicht…!", schüttelt Liz immer wieder ungläubig den Kopf, wenn ich von meinen diversen Abenteuern erzähle. Ich muss auch selber zugeben, was mir in den vergangenen zwei Wochen passiert ist, habe ich sonst nicht in 20 Urlauben zusammen erlebt.

Überhaupt: Urlaub. Da ärgere ich mich inzwischen selbst, für welche Reisen ich meine Lebenszeit bisher verschwendet habe. Stundenlanges Braten auf der Sonnenliege vor irgendwelchen Hotelpools. Durchorganisierte Sightseeing-Touren mit dem Bus von Schloss zu Schloss. Wo war da das Abenteuer? Die Herausforderung? Erst hier in Australien hatte ich erfahren, wie aufregend eine Reise sein kann. Neue Situationen erfordern neue Denkweisen. Ich glaube, ich hatte mich noch nie zuvor so lebendig gefühlt wie hier in Down Under. Ich war neugierig geworden: auf das Leben, die Welt, auf andere Menschen. Das zumindest würde ich mit nach Hause nehmen. Und den festen Vorsatz, noch viel mehr von der Welt zu entdecken – und zwar nicht die Hotelpools.

Als ich Liz meine ganze Reisegeschichte erzählt habe, lassen wir uns den Auflauf schmecken – ein altes Geheimrezept aus ihrer Familie – und machen noch eine zweite Flasche Wein auf. Und irgendwann ist es dann soweit, ich beichte Liz, dass ich Annes Tagebuch an mich genommen und gelesen habe.

Sie schaut mich an und ein leises Lächeln umspielt ihre Mundwinkel.

„Irgendwie hatte ich gehofft, dass du es lesen wirst, Claudia." Sie streicht über das ohnehin schon glatte Tischtuch unter ihren Händen und stößt einen tiefen Seufzer aus.

„Als ich es Anne damals schenkte, waren wir beide noch blutjunge Mädchen, und ich hatte mir gewünscht, dass sie nur wundervolle Ereignisse in diesem Tagebuch notieren könnte."

Liz schließt kurz die Augen, bevor sie fortfährt. „Wer hätte ahnen können, was sie alles durchmachen musste. Da hätte man wirklich einen Hollywoodfilm von drehen können."

Wir lächeln uns zu und ich nicke.

„Absolut. Ich hätte das nie für möglich gehalten. Niemand aus unserer Familie wusste, dass Anne ein Kind von diesem Rodeoreiter bekommen hatte. Nicht mal meine Mutter, ihre eigene Schwester!"

„Anne hat vieles mit sich selbst ausgemacht. Und ich musste ihr versprechen, niemanden etwas zu sagen. Daran habe ich mich auch bis heute gehalten. Aber da du ja nun Bescheid weißt, können wir uns ja ruhig darüber unterhalten."

„Ich kann nicht verstehen, warum meine Tante ihrer Tochter nicht gesagt hat, dass sie ihre Mutter ist.", sage ich.

Liz schenkt uns beiden noch Wein nach und zuckt mit den Schultern.

„Genau das habe ich ihr auch tausendmal gesagt. Aber sie hat sich nicht beirren lassen. Sie war felsenfest davon überzeugt, die richtige Entscheidung getroffen zu haben. Da habe ich dann irgendwann auch gedacht, naja, es ist ihre Sache..."

„Du meinst also, wir müssen es dabei beruhen lassen? Wir dürfen uns nicht einmischen?"

Liz schaut mich hilflos an. „Ich weiß es nicht, Claudia. Eigentlich kannst nur du das entscheiden. Du bist das einzige Bindeglied zwischen Annes Familie hier und ihrer Familie in Deutschland. Anne selbst kann uns keine Antwort mehr geben."

Da ist sie also wieder, die Suche nach der Antwort, denke ich, als ich Minuten später die Treppe zu Annes Zimmer hinauf gehe. Meine Beine fühlen sich bleischwer an nach all dem Rotwein. Langsam ziehe mich aus und habe auf einmal meinen neuen Talisman in der Hand. Eigentlich gefällt er mir ganz gut. Abgesehen von ein paar gepressten, vierblättrigen Kleeblättern hatte ich noch nie einen richtigen Glücksbringer. Schaden kann er ja auf keinen Fall, finde ich, und streiche mit dem Zeigefinger über die kleine Schildkröte. Irgendwie fühlt sich der Stein wärmer an, als noch heute Nachmittag. Ich lege ihn auf meinen Nachtisch. Gerade als ich mich ins Bett gekuschelt habe und das Licht löschen will, klingelt mein Handy. Es ist David.

„Hi Darling. Ich wollte dir noch eine gute Nacht wünschen. Du fehlst mir, Claudia. Ich wünschte, du wärst hier geblieben und würdest nun neben mir im Bett liegen.“

Na wenigstens etwas. Genau diese Worte hörte ich gerne.

„Du fehlst mir auch, David. Wie geht es deinem Sohn?“

„Viel besser. Er hat heute schon wieder Witze gerissen. Das ist ein gutes Zeichen. Allerdings wird er wohl noch einige Zeit im Krankenhaus bleiben müssen. Er hat einen Milzriss, mehrere Knochenbrüche und schwere Prellungen. Von der Kopfverletzung, die zum Koma geführt hatte, scheint er sich aber schon wieder gut erholt zu haben.“

„Gott sei Dank“, antworte ich erleichtert.

Ich erzähle ihm von meinem Einkaufsbummel in Melbourne und meinem Erlebnis in dem Schmuckladen.

„Weißt du, was es zu bedeuten hat, eine Schildkröte als Totem zu haben?“, frage ich ihn.

„Keine Ahnung. Aber bestimmt etwas Gutes!“, entgegnet er. Sämtliche Schmetterlinge in meinem Bauch fangen an zu fliegen, als ich seine tiefe männliche Stimme höre. Wie gerne wäre ich jetzt ganz nah bei ihm und würde mich einfach nur in seine Arme schmiegen. Einen kurzen Moment sagt keiner von uns etwas. Ich bin mir ziemlich sicher, dass auch David in diesem Augenblick an unsere letzte gemeinsame Nacht denkt.

„Hast du schon einmal von der Traumzeit der Aborigines gehört?“, fragt er nun.

Ich muss zugeben, dass ich den Begriff schon einmal gehört habe. Aber ich kann mich nicht erinnern, was es damit genau auf sich hat.

„Über die Traumzeit gibt es viele Legenden und Mythen", erklärt David mir. „Die Aborigines glauben, dass die Traumzeit sowohl vor langer Zeit, als auch hier und jetzt

und ebenso noch morgen ist. Sie umfasst Ereignisse aus der Vergangenheit und auch eine Entwicklung, die vor Ewigkeiten begann und bis in die Zukunft dauert. In dieser endlosen Traumzeit sind Menschen, Tiere und spirituelle Wesen miteinander verbunden. Laut den Aborigines haben spirituelle Wesen, ihre totemischen Vorfahren, die Erde und alles was darauf ist erträumt und somit erschaffen."

Ich höre atemlos zu und sehe vor meinem geistigen Auge den alten Mann hinter dem Tresen seines Geschäfts. Wieder spüre ich seinen durchdringenden Blick, fast so, als wäre er jetzt hier in diesem Zimmer.

„Die Taten ihrer Vorfahren sind für die Aborigines auch heute noch ein Teil des Lebens. Genauso, wie Menschen ein Teil von Tieren und Tiere ein Teil von Menschen sind.", fährt David fort.

Das ist aber leider alles, was er über die Traumzeit weiß. Was es mit meinem Schildkröten-Totem auf sich hat, soll ich am besten bei Onkel google nachfragen, meint er.

Tatsächlich bin ich auf einmal gar nicht mehr müde und überlege, ob ich meinen Laptop schnell noch einmal hochfahren soll. Allerdings wird es in diesem Hause sicher kein WLAN geben. Da fällt mein Blick auf Annes

Bücherregal. Ob sie vielleicht ein Buch über Australiens Ureinwohner hat?

Bingo! Zwischen einem Haufen Romane und Krimis finde ich tatsächlich einen Band über die Geschichte Australiens mit einigen Kapiteln über die Aborigines. Ich schnappe mir das Buch, gehe zurück ins Bett und fange an zu lesen.

Der Autor, ein Australier, schreibt, dass die Kultur der Aborigines die älteste kontinuierliche der ganzen Welt sei. Ihre Ursprünge liegen über 40.000 Jahre zurück. Zahlreiche Zeremonien der Aborigines sollen ihnen die Energie der Alten und Geister verleihen, damit sie die Traumzeit fortzuführen können. Dieser Zeit, in der das Leben begann, huldigen sie in vielen Riten und schlagen die Brücke ins Heute, damit weiterhin Dinge aus dem Himmel oder aus dem Inneren der Erde an die Oberfläche kommen. Die Schöpfung weitergeht.

Ein paar Seiten weiter finde ich dann sogar die Bedeutung der Schildkröte als Totem.

Wenn die Schildkröte Ihr Krafttier ist, besteht die Möglichkeit, Ihrem Leben eine entscheidende Wende zu geben, lese ich staunend.

Wahrscheinlich versuchen Sie, sich gegen jeden und alles zu schützen. Obwohl nach außen hin alles an Ihnen abzuprallen scheint, sind Sie tief in Ihrem Herzen sehr verletzlich. Versuchen Sie Schwäche und Stärke, sowie Trauer und Freude in Harmonie zu bringen. Bleiben Sie mit beiden Beinen auf der Erde und geben Sie Ihrem Leben eine neue Richtung. Aber: lassen Sie Ihre Gedanken heranreifen. Viele Versuchungen liegen auf unseren Wegen. Oft sind wir hin und her gerissen, und wenn wir glauben eine Antwort gefunden zu haben, ändern sich die Umstände oder taucht eine, in unseren Augen, bessere Antwort auf. Ständige Unsicherheit und innere Zerrissenheit sind momentan Ihre Gefährten. Die Schildkröte taucht im See Ihres Lebens auf, damit Sie sich selbst eine Insel sein können. Wirklichen Halt finden Sie nur in sich selbst und nicht im außen.

Erneut greife ich zu dem kleinen Stein auf dem Nachttisch und blicke auf die aufgemalte Schildkröte. Was wusste dieser Aborigine aus dem Laden von mir? Konnte er Gedanken lesen? Kennt er mein Schicksal? Ich habe mich noch nie mit übersinnlichem Kram beschäftigt. Eigentlich glaube ich nicht an so etwas. Und doch habe ich auf einmal das Gefühl, dass dieser kleine Stein mir Kraft gibt.

Als ich das Buch zur Seite legen will, um endlich zu schlafen, rutscht ein Lesezeichen halb aus den Seiten. Es ist ein herausgerissenes Blatt aus einem Notizblock. Und in der mir inzwischen wohlvertrauten Handschrift meiner Tante steht ein einziger Satz darauf:

Also habe ich vielleicht doch die falsche Entscheidung getroffen?

Welche Entscheidung? Wann hatte sie das geschrieben?

Fieberhaft beginne ich nochmals in dem Buch zu lesen, auf jenen Seiten, in denen ich das Lesezeichen gefunden habe. Wieder geht es um die Traumzeit der Aborigines. Und um ihr Verständnis über den Platz, der den Dingen dieser

Welt eingeräumt werden muss. Ein kleiner Absatz ist mit Bleistift unterstrichen.

Für Aborigines besteht die Welt aus einer geschlossenen Einheit. Reißt man einen Gegenstand oder ein Lebewesen von seinem angestammten Platz, ist der Kreislauf des Lebens unterbrochen. Diesen Glauben leben die australischen Ureinwohner schon seit Jahrtausenden.

Wie vom Donner gerührt, lese ich die Sätze gleich zweimal. Hatte meine Tante am Ende etwa doch an ihrem Entschluss gezweifelt, ihrer Tochter nichts zu erzählen? – Ich wüsste zu gerne, wann Anne diesen Zettel geschrieben hat. Hektisch blättere ich das ganze Buch durch, ob sich noch ein Hinweis findet. Fehlanzeige. Missmutig lege ich es schließlich weg und lösche das Licht. Es war ein langer Tag, ich sollte jetzt wirklich schlafen.

In dieser Nacht habe ich einen furchtbaren Traum. Wieder spaziere ich durch die Straßen Melbournes, als ich vor mir einen jungen Mann in Cowboy-Klamotten sehe. Er trägt Chaps über den Jeans und Sporen an den abgewetzten Stiefel. Pfeifend schlendert er über den Bürgersteig, ohne sich ein einziges Mal umzudrehen. Ich kann nicht anders, ich muss ihm folgen. Der Mann betritt ein Geschäft, ich bleibe hinter ihm. Ich kenne den Laden. In der Ecke sitzt der alte Aborigine und nickt mir zu. Vor dem Regal mit dem Opalschmuck, an dem ich selbst vor wenigen Stunden noch gestanden habe, bestaunt eine junge Frau in altmodischer

Kleidung den Schmuck. Der Cowboy ist nun weg. Die Frau hat mir den Rücken zugewandt. Erst jetzt sehe ich, dass neben ihr ein Kinderwagen steht, im dem ein Baby vergnügt mit Tierfiguren spielt, die an einer Kette über seinem Kopf baumeln. Ich weiß, die Frau muss Anne sein! Ich gehe auf sie zu und berühre sacht ihre Schulter. Im gleichen Moment, als sie sich umdreht, verschwinden zuerst der Kinderwagen und dann die Frau. Für einen winzigen Augenblick sah ich noch ihr Gesicht. Es war das meiner Tante, allerdings mit allen Runzeln und Falten ihrer über 80 Jahre.

Erschrocken zucke ich zurück, und befinde mich mit einem Mal im gläsernen Würfel The Edge hoch über den Straßenschluchten von Melbourne. Das Glas unter meinen Füßen ist durchsichtig. Ich höre Davids Stimme, die zu mir spricht: Don't worry, Claudia. Aber gleichzeitig rast der Würfel mit mir dem Erdboden entgegen und nichts kann ihn aufhalten.

Kurz vor dem Aufprall finde ich mich auf einer dämmrigen, verlassenen Straße im Busch wieder. Ich sitze in einem Auto, steige aus und finde vor den Vorderreifen ein Wallaby, das wie tot daliegt. Doch dann steht es auf, blickt mich an und geht in den Wald. Ich folge ihm. Wir kommen zu einem klaren See. Ich kann mein Spiegelbild in ihm sehen. Da kräuselt sich die Wasseroberfläche und eine Schildkröte taucht aus der Tiefe aus.

Schweißgebadet wache ich auf.

„Na, du siehst aber ziemlich zerknittert aus heute Morgen.“ Vergnügt legt Liz eine Pause darin ein, irgendeinen Teig in einer Rührschüssel zu schlagen und mustert mich.

„Oh, vielen Dank!“, entgegne ich und setzte mich an den bereits gedeckten Frühstückstisch. Ich fühle mich wie zerschlagen, nur ein starker Kaffee kann mich jetzt noch retten.

„Es gibt Pancakes. Ich hoffe, du magst sie. Meine Kinder und Enkel lieben sie“, zwitschert Liz weiter und beginnt damit, die Eierkuchen in einer Pfanne anzubraten. Bald zieht ein leckerer Duft durch die Küche. Ich schenke mir Kaffee ein und schließe kurz die Augen. Die Nacht war einfach schrecklich gewesen. Nachdem ich aus meinem Traum erwacht war, konnte ich stundenlang nicht mehr einschlafen und hatte mich ruhelos im Bett herumgewälzt. Erst in den frühen Morgenstunden war ich schließlich eingeschlafen. Aber nur kurz, denn da ertönte schon der Wecker.

„Hast du nicht gut geschlafen?“, erkundigt Liz sich nun etwas mitfühlender.

„Nein, gar nicht. Ich hatte einen total blöden Traum. Unter anderem von einer Schildkröte.“

Liz winkt ab. „Dann mach dir keine Sorgen. Taucht eine Schildkröte in einem Traum auf, so ist das ein gutes Zeichen. Das weiß ich hundertprozentig. Früher hatte ich mal eine Aborigine als Nachbarin, die kannte sich mit sowas aus. Und sie hat immer gesagt: Wenn du von einer Schildkröte träumst, wird etwas Gutes in deinem Leben passieren.

Allerdings weiß ich morgens meist nie, was ich in der Nacht geträumt habe."

Sie setzt sich zu mir an den Tisch, und wir verspeisen ihre Pancakes, die tatsächlich himmlisch schmecken.

„Hast du denn nochmal drüber nachgedacht, ob du zu deiner Cousine gehen willst?". Liz schaut mich fragend an.

„Ich kann fast an nichts anderes denken", gebe ich zu. „Aber leider bin ich bis jetzt noch zu keiner tieferen Erkenntnis gelangt."

Ich denke nochmal an Tante Annes kryptisches Lesezeichen und frage Liz, ob ihre Freundin vor ihrem Tod vielleicht doch noch irgendwelche Zweifel wegen ihrer Entscheidung gehabt hatte.

Liz schüttelt den Kopf. „Nein, darüber hätte sie bestimmt mit mir gesprochen. Ich hatte das Gefühl, das Thema war für sie abgehakt."

Ich nicke resigniert. „Ja, das war es dann wohl auch. Und ich denke, wir sollten ihre Entscheidung respektieren. Margret scheint ein gutes Leben zu haben. Vielleicht sollten wir da besser nichts durcheinander bringen."

Liz wirft mir einen enttäuschten Blick zu und zuckt dann mit den Schultern.

„Wie du meinst, Claudia. Wie ist denn eigentlich dein Plan für heute? Sollen wir vielleicht zusammen etwas unternehmen?"

Augenblicklich verfällt Liz in rege Beschäftigung. Sie schlägt vor, dass wir zusammen den Queen-Victoria-Markt besuchen.

„Er ist weltberühmt, total groß und vielfältig. Und außerdem gibt es da die besten Donuts der Welt!“, sprudelt sie eifrig hervor.

„Okay, warum nicht? Ich helfe dir abräumen und dann fahren wir los.“

Eine knappe Stunde später schlendern wir über Melbournes einzigen noch bestehenden Markt aus dem 19. Jahrhundert. Es duftet nach Früchten und Gemüsen. Händler bieten Fleisch, Geflügel, Meeresfrüchte und Delikatessen an. Daneben gibt es aber auch jede Menge Kunsthandwerk, T-Shirts, Schuhe und Schmuck. Liz verguckt sich in einen bunten Seidenschal, er würde ihr hervorragend stehen. Aber dann geht sie doch weiter und lässt ihn hängen. Wir verdrücken köstliche Donuts, obwohl wir noch voll vom Frühstück sind. Endlich kann ich mich entspannen und die Fragen, die mich quälen für einen Moment vergessen. Liz strahlt übers ganze Gesicht. Sie ist so glücklich, mir „ihr“ Melbourne zu zeigen und nicht alleine zu Hause zu sitzen. Nach Annes Tod scheint sie doch ziemlich oft einsam zu sein.

Spontan beschließe ich, schnell noch einmal zurück zu laufen und ihr den Schal zu kaufen, der ihr so gut gefallen hat. Er wäre das perfekte Abschiedsgeschenk, wenn ich in ein paar Tagen abreisen würde.

Ich gebe vor, zur Toilette zu müssen, während Liz noch an ihrem Donut kaut. „Bin gleich zurück, warte hier kurz auf mich“, sage ich und mache mich durch das Gewühl der Menschen auf den Weg zurück zum Stand. Einmal links herum und dann rechts in den Gang hinein. Dort müsste es eigentlich sein. Aber da ist der Stand nicht. Irritiert gehe ich weiter. Ich war fest davon überzeugt gewesen, dass die Verkäuferin mit den vielen Schals an dieser Stelle gewesen war. Vielleicht doch noch einen Gang weiter? Ich kehre um und laufe den nächsten Gang entlang. Wieder nichts. Ich halte nach allen Seiten Ausschau. Irgendwo muss dieser verflixte Stand doch sein!

Ich habe das Gefühl, das ich mich total verlaufen habe, dabei fand ich den Queen-Victoria-Markt vorher noch ganz übersichtlich. Wenn ich den Stand nicht gleich finde, muss ich wohl ohne Schal zu Liz zurückkehren, sonst wird sie sich noch wundern, dass ich nicht wiederkomme. Während ich ein weiteres Mal suchend in alle Richtungen schaue, sehe ich ihn vor mir entlang spazieren. Der Gang ist unverkennbar. Auch diesmal trägt er Chaps und Sporen an den Stiefeln. Er dreht sich nicht um. Aber verdammt noch mal, gestern habe ich ihn im Traum gesehen!

Mein Herz schlägt mir bis zum Hals, als ich die Verfolgung aufnehme. Sobald ich schneller laufe, beschleunigt auch er seine Schritte. Er biegt nach links in den nächsten Gang ein. Leute schieben sich zwischen uns. Niemand scheint sich zu wundern, dass der Mann in altmodischer Cowboykleidung über den Markt läuft. Ich rempele ein junges Paar an, dass in betonter Langsamkeit vor mir her läuft. Ich darf ihn nicht verlieren! Obwohl ich immer schneller gehe, scheint sich der Abstand zwischen uns zu vergrößern. Noch kann ich seinen Hut von hinten erkennen, atemlos versuche ich aufzuholen. Jetzt bleibt er vor einem der Marktstände stehen. Gott sei Dank, ich muss ihn unbedingt erreichen. Wieder schieben sich Besucher des Marktes vor mich und verdecken die Sicht auf den Cowboy. Jetzt sehe ich ihn wieder, er steht noch immer am selben Stand. Meine Absätze klappern auf dem Pflaster, als ich die letzten Schritte zu ihm zurück lege.

„Entschuldigen Sie…“, rufe ich, will den letzten Passanten vor mir überholen und den Mann auf die Schulter tippen. Doch da steht niemand mehr. Erstarrt blicke ich um mich: Er ist wie vom Erdboden verschluckt.

„Kann ich Ihnen helfen?“, fragt die Verkäuferin lächelnd.

„Ja, ich…“, stammel ich und sehe mich weiterhin verzweifelt um. „Ich suche diesen Mann, der gerade noch hier gestanden hat. Der mit dem Cowboyhut.“

Die Verkäuferin sieht mich erstaunt an und zieht die Augenbrauen hoch.

„Tut mir leid, den habe ich nicht gesehen.“

„Aber das kann nicht sein!“, entgegne ich mit zitternder Stimme. „Er ist doch direkt hier bei Ihnen stehen geblieben und hat sich Ihre Sachen angeschaut. Ich habe es genau gesehen!“

Die Frau schüttelt den Kopf. Ich kann ihr anmerken, dass sie mich für verrückt hält. Im begütigendem Tonfall sagt sie: „Vielleicht habe ich kurz woanders hin geschaut, und er ist dann weiter gegangen. Es ist ja ziemlich voll heute. Ich hoffe, Sie finden ihn wieder.“

Ich starre sie immer noch an und kann es nicht glauben. Erst jetzt merke ich, dass es genau der Stand ist, den ich gesucht habe. Liz Lieblingsschal hängt noch an der Stelle, an der sie ihn vorhin zurück gelegt hatte.

„Ich hätte gerne diesen Schal“, deute ich mit dem Finger auf das bunte Tuch und holte mein Portemonnaie aus der Tasche.

Die Verkäuferin guckt immer noch misstrauisch. Erst als ich ihr das Geld in die Hand drücke, gibt sie mir die Tüte mit dem Schal und nickt mir unsicher zu.

„Noch einen schönen Urlaub in Australien“, wünscht sie mir zum Abschied.

Ich verstaue die Tüte in meiner Tasche und mache mich mit wackeligen Knien auf den Rückweg zu Liz. Was ist nur mit mir los? Werde ich jetzt wirklich langsam gaga? Vielleicht ist es ganz gut, dass meine Ferien hier bald vorüber sind und ich heim nach Deutschland fliege, wo alles normal ist.

„Da bist du ja. Das ging ja schnell“, begrüßt mich Liz, als wenn nichts gewesen wäre. Sie hatte ihren Donut verspeist und blickt mich unternehmungslustig an.

„Und was machen wir jetzt? Lust, ins Museum zu gehen?“

Ich lehne dankend ab. Mir ist schlecht, und ich kann das Gefühl nicht abschütteln, von unsichtbaren Augenpaaren beobachtet zu werden.

„Lass uns nach Hause fahren, Liz“, bitte ich sie.

Leicht enttäuscht zuckt sie mit den Schultern. „Okay, wie du magst. Vielleicht fällt uns ja später noch etwas Besseres ein.“

Ich nicke erleichtert und greife in meiner Jackentasche nach meinem Totem-Stein. Wieder fühlt er sich ganz warm an.

22

Bleierne Müdigkeit umfängt mich, als wir zurück in Tante Annes Haus kommen.

„Claudia, du hast total schlecht geschlafen. Warum legst du dich nicht einfach hin und hältst ein kleines Mittags-Nickerchen?“, schlägt Liz vor, als sie mein Gesicht mit den dunklen Rändern unter den Augen siehst.

„Gute Idee, das werde ich wirklich machen. Bitte weck mich aber, wenn ich zu lange schlafe“, erwidere ich schon halb auf dem Weg in mein Zimmer. Ich habe das Gefühl, ich schlafe bereits, noch während ich mich auf dem Bett ausstrecke.

Diesmal bleibe ich von Albträumen verschont.

Als ich erwache, scheint die Herbstsonne hell ins Zimmer. Es ist früher Nachmittag, und ich fühle mich erfrischt und energiegeladen. Endlich. Als ich vom Bett aufstehe, sehe ich, dass auf dem Fußboden vor dem Nachtschränkchen ein kleines Stück Papier liegt. Nanu, das war doch vorher nicht dort gewesen. Ob Liz es dort hingelegt hat?

Ich bücke mich, hebe den Zettel auf und falte ihn auseinander. Wieder sehe ich die Handschrift meiner Tante vor mir. Auf dem Zettel ist eine Adresse aus Melbourne notiert.

Ich nehme das Blatt mit, als ich hinunter gehe und mich zu Liz ins Wohnzimmer setze. Sie strickt an einem Paar Socken für ihren Enkel und freut sich, dass ich ihr Gesellschaft leiste.

„Hast du mir diesen Zettel hingelegt?“, frage ich sie, während ich das Papier vor ihr auf dem Wohnzimmertisch ausbreite.

Sie wirft einen Blick darauf und schüttelt den Kopf.

„Nein. Aber vielleicht ist er beim Staubwischen herunter gefallen oder so etwas. Ich weiß aber, was das ist: die Adresse von Ricarda. Deine Tante hatte sie notiert.“

Ich hole tief Luft. Es wird wirklich Zeit, dass ich wieder nach Hause fahre. So langsam wächst mir hier alles über den Kopf. Trotzdem treffe ich jetzt einen Entschluss.

„Ich fahre nochmal kurz weg, Liz. Bin sofort zurück, dann können wir ja einen Kaffee zusammen trinken.“

Ohne von ihrem Strickzeug aufzublicken, wirft sie mir noch ein „Okay, bis später!“ zu und schon bin ich auf dem Weg zu meinem Auto. Als ich mein Navi programmiere, muss ich daran denken, wie oft es mich in den vergangenen Wochen in die Irre geleitet hat. Mal sehen, wie es heute drauf ist.

Nur zehn Minuten später habe ich die von Tante Anne notierte Adresse erreicht. Ich parke das Auto ein paar Häuser weiter und mache mich zu Fuß auf den Weg. Es ist eine ruhige Straße. Die Gärten vor den Häusern machen einen gepflegten Eindruck, die ersten Blätter an den Bäumen haben sich bunt gefärbt. Ich will nur einen kurzen Blick auf das Haus von Annes Tochter werfen. Will es einmal gesehen haben, bevor ich wieder nach Hause fliege. Danach werde ich mich umdrehen, zurück zu Liz fahren und meine letzten Urlaubstage genießen.

Das muss es sein, das weiße Haus mit den grünen Fensterläden. Es sieht tatsächlich einladend aus, freundlich, genauso wie es Anne beschrieben hatte. Ich bleibe am Zaun stehen und versuche, mich in Anne hinein zu versetzen als sie an dieser Stelle gestanden hatte. Es ist nicht schwer zu verstehen, dass sie diese Familienidylle nicht zerstören wollte.

Da wird die Stille des Gartens von einem Geräusch unterbrochen. Die Tür eines Holzschuppens gleich links von mir öffnet sich, und ein junger Mann kommt rückwärts heraus, einen Rasenmäher hinter sich her ziehend. Er trägt die Stöpsel eines MP3-Players im Ohr und bewegt sich rhythmisch im Takt der Musik. Jetzt wirft er den Rasenmäher an, wendet ihn und fährt direkt auf mich zu. Er blickt auf, sieht mich und bleibt abrupt stehen. Wir starren uns wortlos an.

Das muss Mark sein, kein Zweifel. Das Ganze kommt mir vor wie ein Déjà-vu-Erlebnis. Nur dass ich selbst noch nie hier war, sondern fast dieselbe Szene im Tagebuch meiner Tante gelesen habe.

Mark stellt den Rasenmäher aus und kommt auf mich zu. Oh nein!

„Entschuldigung. Ich hatte sie unter den Ästen des Baumes nicht richtig gesehen“, sagt er. „Ich dachte, sie seien jemand anders. Vor einigen Monaten, vielleicht ist es auch schon ein Jahr her, hat uns nämlich eine Frau besucht, die genau dort stand, wo Sie jetzt stehen. Leider ist sie nie wieder gekommen. Jetzt dachte ich schon, sie ist es.“

Ich lächele ihn unsicher an und weiß, dass ich jetzt etwas sagen sollte. Aber was? Ich komme mir vor wie eine Idiotin. Warum bin ich bloß auf die schwachsinnige Idee gekommen, hierher zu fahren? Verzweifelt grabe ich meine Fäuste tiefer in die Taschen meiner Jacke. Meine Finger schließen sich um den Stein der Schildkröte. Warm und fest liegt er in meiner Hand. Ich spüre, dass er mir Kraft gibt. Und auf einmal weiß ich ganz genau, was ich zu tun habe.

„Ist Ihre Mutter Margaret auch zu Hause?", frage ich.

Mark nickt erstaunt. „Ja, sieht hat heute frei. Sie kennen Sie?"

Ich zucke vage die Schultern und lächele ihn an. „Ich würde sie sehr gerne kurz sprechen."

„Klar, kommen Sie herein." Mark öffnet das Gartentor für mich und begleitet mich über den Kiesweg zur Haustür.

„Ihr Akzent klingt, als ob Sie aus Deutschland kommen", merkt er an.

„Ja, das stimmt. Ich wohne in der Nähe von Hannover und bin im Urlaub hier", antworte ich.

Mark öffnet die Tür und wir stehen in einem hell gestrichenen Flur mit moderner Kunst an den Wänden. „Mama, wir haben Besuch! Kommst du runter?", brüllt er die Treppe hinauf. Ich höre eine Tür klappen und Sekunden später kommt eine schlanke Frau in Jeans und rosafarbenen Sweatshirt die Treppe herunter. Margaret.

23

„Aber, das gibt's doch gar nicht!", Margaret laufen die Tränen die Wangen herunter, als ich meinen Bericht geendet habe. Mark lehnt mit gerötetem Gesicht neben ihr auf einer Eckbank und streicht ihr über den Rücken. Wir sitzen am Küchentisch der Frazers. So heißen sie mit Nachnamen, die Nachkommen meiner Tante.

Ich hatte mich kurz vorgestellt und ihnen dann alles erzählt. Von meiner Reise durch Victoria, dem Tagebuch meiner Tante, den unumstößlichen Beweisen, dass Margaret Annes Tochter Ricarda ist. Zunächst hatten mich Mark und Margaret skeptisch angesehen, zuweilen fast feindselig. Aber nach und nach hatte sich ihr Panzer aufgelöst, zuerst in grenzenloses Erstaunen, zuletzt in Trauer, als sie erfuhren, dass Anne vor ein paar Wochen gestorben war.

„Ich mochte sie sofort. Obwohl sie ja eine Wildfremde für uns war, fühlte ich mich irgendwie zu ihr hingezogen. Und ich glaube, Mark ging es genauso. Stimmt's, Mark?", fragt Margaret in Richtung ihres Sohnes. Er nickt nur und fährt damit fort, seiner Mutter die Hand zu drücken.

„Aber warum nur hat sie uns nichts gesagt?", schluchzt Margaret.

„Das habe ich mich auch immer wieder gefragt. Aber sie wollte wohl nichts kaputtmachen. Sie wusste, dass du eine glückliche Kindheit bei guten Eltern hattest. Sie war wahnsinnig stolz, was du aus deinem Leben gemacht hast. Und sie platzte wohl auch fast vor Stolz über ihren Enkel."

Ich werfe Mark ein Lächeln zu und fahre fort. „Das alles hat sie am Ende ihres Lebens sehr glücklich gemacht. Und es hat ihr gereicht. So wie ihre Freundin Liz mir gesagt hat, ist sie zufrieden gestorben."

Margaret weint noch immer. Mark räuspert sich und schenkt uns allen noch einmal Tee nach.

„Also bist du meine Cousine?", fragt er.

Ich grinse. „Großcousine! Meine Mutter ist Annes jüngere Schwester. Deine Mutter ist also meine Cousine."

„Cool. Dann habe ich jetzt Familie in Deutschland. Ein guter Grund, mal wieder hinzufahren."

„Ihr seid alle herzlich eingeladen! Meine Eltern und mein Bruder wissen ja noch gar nichts von der neuen Familie. Aber sie würden sich garantiert auch total freuen, wenn ihr uns besuchen würdet."

Während Mark schon begeistert in die Zukunft blickt, versucht seine Mutter ihre Vergangenheit zu rekonstruieren.

„Ihr könnt das nicht verstehen, aber für mich fügen sich auf einmal so viele Puzzleteile ineinander. Als ich klein war, habe ich mein Leben natürlich nie hinterfragt. Ich war ganz einfach glücklich, ich liebte meine Eltern und ich hätte mir keine besseren wünschen können. Die beiden haben wirklich alles für mich getan. Aber als ich älter wurde und feststellte, dass meine Freundinnen ihren Müttern oft immer ähnlicher wurden, fragte ich mich manchmal, warum ich eigentlich überhaupt keine äußere Ähnlichkeit mit meinen Eltern hatte. Mit keinem von beiden!"

Betroffen blicken Mark und ich sie an und lassen sie einfach weiterreden.

„Und dann die Sache mit den Pferden. Seit ich ein kleines Kind war, habe ich Pferde über alles geliebt. Als junges Mädchen war ich eine ziemlich wilde Reiterin, und meine Eltern haben sich oft ziemliche Sorgen um mich gemacht. Keiner von ihnen hatte diesen Pferde-Spleen, und sie hätten es am liebsten gehabt, wenn ich das Reiten an den Nagel gehängt hätte. Aber bis heute komme ich nicht von den Pferden los. Nun weiß ich endlich warum. Mit einem Rodeoreiter als Vater ist das wohl kein Wunder."

„Aber, deine Eltern… sie haben dir nie gesagt, dass sie dich adoptiert hatten?", frage ich.

Margaret schüttelt traurig den Kopf. „Nein, nie. Ich heiße Margaret, weil die Mutter meiner Mutter schon so hieß. Für mich war immer klar, dass ich in diese Familie gehörte. Auch wenn ich ein bisschen anders war, als meine Eltern."

Wir haben über zwei Stunden in der gemütlichen Küche der Frazers gesessen. Draußen dämmert es bereits. Ich habe das Gefühl, ich sollte die beiden jetzt besser alleine lassen, damit sie die Neuigkeiten verdauen können. Außerdem würde Liz sich sicher schon Sorgen um mich machen.

Habe ich richtig gehandelt, indem ich Margaret von ihrer Mutter erzählt habe? – Daran besteht für mich inzwischen kein Zweifel mehr. So sehr ich in den vergangenen Tagen noch hin- und her gerissen war, so absolut sicher bin ich mir nun, dass es die richtige Entscheidung war. Der alte Aborigine hatte Recht behalten. Die Antwort auf meine Frage hatte mich gefunden. Ich war meinem Herzen gefolgt. Und das war gut so.

„Ach, Claudia“, sagt Margaret, während wir uns zum Abschied umarmen. „Das Tagebuch, ich würde es gerne lesen. Hättest du etwas dagegen?“

„Natürlich nicht!“, sage ich, und mir fällt ein, dass ich es tatsächlich noch in meiner Tasche herumtrage. Als ich nach dem Buch mit dem abgewetzten Ledereinband greife und es Margaret in die Hand drücke, fällt etwas heraus und landet auf dem Fußboden. Ich bücke mich danach und muss schmunzeln. Auf dem alten s/w-Foto lächelt mich ein smarter Rodeoreiter mit Cowboyhut hat. Rick. Er hat große Ähnlichkeit mit seiner Tochter.

24

„Und so möchte ich mein Glas auf unser neues Familienmitglied Claudia erheben, ohne die wir jetzt nicht hier zusammen säßen. Sie hat mutig gehandelt, und das Richtige getan. Für uns alle ist die Situation noch ziemlich neu und aufregend, aber wir freuen uns schon darauf, die Familie auf der anderen Seite der Welt endlich kennenzulernen. Cheers!“

Dan steht am Ende des Tisches, zwinkert mir zu und legt die Hand liebevoll auf die Schulter seiner Frau Margaret. Pardon: Ricarda. So möchte sie ab jetzt nämlich genannt werden. „Ich liebe diesen Namen. Er ist wie für mich gemacht, und ich werde ihn von jetzt an mit Stolz tragen.“, hatte sie mir erzählt, als ich ihr bei den letzten Vorbereitungen in der Küche geholfen hatte.

An meinem letzten Abend in Australien hat Ricarda zu einem Fest zu meinen Ehren eingeladen. In ihrem Esszimmer ist die Tafel festlich mit feinstem Geschirr, geschliffenen Weingläsern und eleganten Kerzenleuchtern eingedeckt. Alle sind eingeladen und auch gekommen. Neben den Frazers sitzen Liz und Eve. Und David. Wir halten uns unter der Tischplatte verstohlen an den Händen. Jedes Mal, wenn ich zu ihm hinüber blicke, läuft mir ein Schauer über den Rücken. Ricarda hat schon ein paar Mal schmunzelnd zur Seite geschaut. Das Knistern zwischen uns beiden scheint ihr nicht entgangen zu sein.

In den vergangenen Tagen hatten David und ich uns noch ein paar Mal getroffen. Einmal hatte ich auch bei ihm übernachtet. Es ist schon erstaunlich, wie gut wir uns verstehen, obwohl wir doch aus unterschiedlichen Welten kommen. Wenn ich die teuren Designermöbel in seinem Haus betrachtete, den Sportwagen in der Garage und den Swimmingpool auf der Terrasse, überkam mich noch manchmal das Gefühl, nur einen kurzen Blick in eine andere Liga zu werfen. Aber als ob David Gedanken lesen könnte, nahm er mir dieses Gefühl jedes Mal, in dem er mich um meine Meinung zu diesem und jenen fragte. Oder indem er mit leuchtenden Augen an meinen Lippen hing oder mir für irgendetwas ein ehrliches Kompliment machte. Ich blühte auf in seiner Gegenwart. Ich dachte weder an die Vergangenheit, noch an die Zukunft, ich genoss einfach nur jede Sekunde, die ich mit ihm verbringen durfte.

Keiner von uns sprach je darüber, wie es mit uns weiter gehen sollte. Er hatte sein Leben in Australien, ich meines in Deutschland. Ich wusste, dass ich ihn nie vergessen könnte. Aber ich ahnte auch, dass sein aufregendes Leben mit seiner Familie, der Firma, den Segelregatten und den Sportwagen schon bald so wie immer weitergehen würde – ohne mich.

Nur nicht drüber nachdenken. Heulen kannst du später. Genieße es einfach, solange es geht, sagte ich mir.

Nun sitze ich also hier an seiner Seite und reiße mich zusammen. Plaudere charmant mit ihm und den anderen, trinke hervorragenden Wein aus dem Yarra-Valley und schiebe den Gedanken beiseite, dass ich morgen in mein Flugzeug nach Deutschland steige. Ich sehe durchs Fenster nach draußen. Es ist schon fast ganz dunkel, nur schemenhaft erkennt man noch die Umrisse eines

Apfelbaumes im Garten. Er sieht fast genauso aus, wie der in Annes Garten. Wie schade, dass meine Tante das hier nicht erleben kann, denke ich. Eve lächelt mich an. Sie scheint meine Gedanken erraten zu haben. „Keine Sorge, sie ist bei uns“, versichert sie mir.

Am Nachmittag war ich zusammen mit Ricarda an Annes Grab gewesen. Meine Cousine hatte das Tagebuch inzwischen gelesen, und sie hatte auch Liz besucht, sich das Haus ihrer Mutter angesehen und in alten Fotoalben geblättert. Es war ein Blick zurück in die Vergangenheit, der zwischen Lachen und Weinen geschah.

„Ich bin so froh, dass ich sie wenigstens noch kennengelernt habe. Auch wenn ich da noch nicht wusste, dass sie meine Mutter war“, hatte Ricarda unter Schluchzen am Grab gesagt.

Bevor wir gingen, holte sie etwas aus ihrer Tasche und legte es zwischen die Blumen aufs Grab.

„Was ist das?“, fragte ich neugierig.

„Ach, das ist etwas aus der Aborigine-Kultur. Eine Art Glücksstein. Ich habe ihn schon seit langer Zeit, aber jetzt möchte ich, dass er hier bei meiner Mutter bleibt. Er wird unsere Verbindung sein.“

Auf dem Grab lag ein kleiner Stein mit einer Schildkröte darauf. Er sah genauso aus wie meiner.

25

Das Flugzeug rast über das Rollfeld, erhebt sich von der Erde und steigt schnell in den Himmel. Ich schaue aus dem Fenster und sehe den fünften Kontinent unter mir immer kleiner werden. Ich muss lächeln, als ich daran denke, wie ich vor gerade mal drei Wochen auf dem Flughafen in Melbourne angekommen war und über die Plakate mit dem grandiosen Sternenhimmel und dem riesigen Krokodil gestaunt hatte. Wie viel war in der Zwischenzeit geschehen!

Ich hatte zwar kein Krokodil gesehen, aber dafür hatte mich das Schicksal so oft an meine Grenzen herangeführt, dass ich nun als ein anderer Mensch nach Hause fliege. Ich habe meine Ängste besiegt, Stärke in meinem Inneren gefunden. Und ich weiß, dass was immer ich auch tue, ich einfach meinem Herzen folgen muss.

Um meinen Hals hängt die Kette mit dem Opal. Ich seufze kopfschüttelnd, als ich an all die seltsamen Vorfälle denke, die mir in letzter Zeit passiert sind. Nachdem ich Ricarda und Mark Annes Geschichte erzählt hatte, war der Spuk vorbei. Ich glaube, dass nun alle zufrieden sind – die Lebenden und die Toten.

Und ich selbst? Was würde ich jetzt anfangen mit meinem Leben? – Ich bin Mitte vierzig, also noch jung! Und die Reise nach Australien hatte mir gezeigt, dass viel mehr in mir steckte, als ich mir je erträumt hatte. Auf einmal war ich mir ganz sicher, dass der beste Teil meines Lebens noch vor mir liegen würde. Aber erstmal musste ich nun versuchen, darüber hinweg zu kommen, dass ich mich gerade um den halben Erdball herum von meiner großen Liebe entferne. David hatte mich noch zum Flughafen gebracht, aber ich hatte ihn gebeten, nicht mit hinein zu kommen. Ich hasse solche Abschiede.

„Mach's gut. Und vergess mich nicht“, hatte ich ihm unter Tränen zugeflüstert, während ich ihn ein letztes Mal küsste. Dann hatte ich mich umgedreht und war mit meinem Koffer im Gewirr der Menschen abgetaucht.

„Claudia! Warte doch…“, hörte ich ihn noch rufen. Doch ich rannte weiter, sah mich nicht um.

„Möchten Sie etwas trinken?“ Die Flugbegleiterin bietet mir einen Baileys auf Eis an und ich greife dankbar zu.

Zu Hause muss ich erstmal meiner Familie von den neuen Aussie-Verwandten erzählen. Die Frazers möchten an Weihnachten zu uns kommen und alle kennenlernen. Ich solle doch wenn möglich für Schnee sorgen, den haben sie in Melbourne nämlich nicht.

Und dann werde ich natürlich meine Freundinnen besuchen, mich wieder in die Arbeit stürzen. Tja, und irgendwie weitermachen. „Don't worry“, habe ich Davids Stimme noch im Ohr. Genau, das ist es: ich werde mir einfach weniger Sorgen machen!

Gut 21 Stunden später bin ich wieder in Deutschland gelandet. Gemeinsam mit vielen anderen, ziemlich zerknittert aussehenden Menschen stehe ich im Frankfurter Flughafen am Gepäckband. Ich bin totmüde. Nur leider fehlt – anders als bei meiner Ankunft in Melbourne – der Kick der Aufregung. In meiner Wohnung wartet niemand auf mich, und nun habe ich auch noch eine mehrstündige Zugfahrt vor mir.

Etwas genervt krame ich mein Handy aus der Tasche und schalte es wieder ein. Der Koffer ist noch immer nicht da. Dafür piept mein Telefon. Mit klopfenden Herzen lese ich Davids Nachricht:

Claudia, you are my girl!!!Ich vermisse dich schon jetzt. Habe einen Flug nach Deutschland gebucht. See you!

Nachwort

Sie ahnen es schon: Susan de Winter ist natürlich ein Pseudonym. Im „richtigen Leben“ bin ich Reisejournalistin und schreibe Reportagen für die unterschiedlichsten Zeitungen und Magazine sowie auch schon ein paar Sachbücher. Mein Roman „Der Stein der Schildkröte“ ist rein fiktiv, Ähnlichkeiten mit lebenden Personen sind höchstens zufällig. Doch die Schauplätze an denen die Geschichte spielt, die gibt es wirklich!

Ich habe sie selbst besucht und war begeistert, wie wunderschön es im australischen Bundesstaat Victoria ist und wie herzlich und gastfreundlich die Menschen dort sind. Kaum zu glauben, wie schnell man süchtig werden kann, nach diesem Gefühl von Freiheit, Abenteuer und „easy going“, das einem am andere Ende der Welt befällt.

Vielleicht haben Sie ja selbst Lust, die Koffer zu packen und Ihr eigenes Abenteuer in Down Under zu erleben? – Für diesen Fall habe ich Ihnen die Stationen des Romans hier noch einmal aufgeschrieben, mit Web-Adressen für Ihre eigene Reiseroute. Sollten Sie sich auf den Weg machen, wünsche ich Ihnen viel Spaß, einen spannenden Trip und viele magische Momente!

Susan de Winter

Reisetipps von der Autorin

Der australische Bundesstaat Victoria ist zwar der zweitkleinste auf dem Kontinent aber mit 227.600 Quadratkilometern immerhin so groß wie die britische Insel. Melbourne ist die Hauptstadt und wirtschaftliches wie kulturelles Zentrum des Landes.

Die Landschaft Victorias bietet so ziemlich alles, was sich Urlauber nur wünschen. Felsküsten und Sandstrände im Süden, fast 2.000 Meter hohe Berge im Osten, sanfte Hügel im Zentrum, Outback und Regenwald im Westen und Norden. Und natürlich gibt es jede Menge Kängurus, Koalas und Wombats.

Die Jahreszeiten in Victoria sind genau umgekehrt wie in Europa. Der australische Sommer dauert von Dezember bis März und kann ziemlich heiß werden, der Winter von Juni bis August ist mild, die Temperaturen fallen selten unter null Grad. Die australischen Ureinwohner, die Aborigines, leben seit rund 40.000 Jahren in Victoria. Siedler aus Europa landeten dort erst in den 1830er Jahren. Sie weigerten sich, als Anhängsel von New South Wales Sträflinge aus England aufzunehmen und wollten eine eigene britische Kolonie werden, was 1851 in Erfüllung ging. Seinen Namen hat der Bundesstaat von der britischen Queen.

Melbourne: Melbournes Spitzenposition im Ranking der lebenswertesten Städte kommt nicht von ungefähr. Die Mischung aus europäischer Tradition und Multi-kulti Moderne, aus Lässigkeit und australischer Herzlichkeit ist einfach unschlagbar. Wirklich unwiderstehlich aber sind die super-freundlichen Australier selbst. Sightseeing-Tipp: Die versteckten Laneways von Melbourne lassen sich bei einer Laneway Tour zu Fuß mit dem Team von „Hidden Secrets“ entdecken: www.hiddensecretstours.com

Der Eureka Tower ist einer der höchsten Wolkenkratzer der Welt. Wer schwindelfrei ist, sollte unbedingt auch den Glaswürfel „The Edge“ ausprobieren: www.eurekaskydeck.com.au

Yarra Valley: Weniger als eine Stunde nordöstlich von Melbourne liegt das sanft hügelige Yarra Valley. Es ist eine der bekanntesten Weinregionen Australiens, außerdem gibt es hier riesige Farne und stattliche Eukalyptusbäume.

Das Yarra Valley beherbergt rund 70 Weingüter, von kleinen Familienbetrieben bis hin zu großen Weingütern. Viele öffnen ihre Keller für Besucher, betreiben Weinrestaurants, manche sogar mit Gourmetstatus. Und es werden tatsächlich einige ausgezeichnete Spätburgunder hier angebaut.

Der Zoo in Healesville präsentiert mehr als 200 Tierarten des fünften Kontinents. Man kann „magische Momente“ mit den Kängurus buchen und sich im Schlangenhaus eine Gänsehaut holen. www.zoo.org.au

Wer einmal in einer feudalen Hütte mit Whirlpool übernachten will, während nachts Kängurus auf der Veranda liegen, sollte bei den Yering Gorge Cottages einchecken (www.yeringcottages.com.au). Von dort aus sind es nur ein paar Kilometer zum Rochford Weingut, wo man einen fantastischen Sonnenaufgang bei einer Ballonfahrt über dem Yarra Valley erleben kann. Ein absolutes „once in a livetime-Erlebnis“! (www.globalballooning.com.au).

Phillip Island: Mit dem Auto ist man von Melbourne aus in etwa eineinhalb Stunden auf Phillip Island. Die absolute Attraktion dort sind die Pinguine. Sie sind nur 30 Zentimeter groß und ziehen jedes Jahr eine halbe Million Besucher an. Die Pinguin-Parade auf Phillip Island ist zwar ein riesiges Touristenspektakel, aber trotzdem absolut sehenswert – selbst wenn es regnet… (www.penguins.org.au)

Cape Schanck: Der Leuchtturm Cape Schanck liegt am südlichen Ende der Mornington Peninsula. Dort kann man auf dem Bushrangers Bay Nature Walk direkt am Meer entlang wandern und über die Urgewalt des Meeres staunen. Naturfans dürften begeistert sein. Anschließend sollte man unbedingt noch den historischen Leuchtturm besuchen. Seit 1859 weist er den Schiffen an der Südküste Australiens den Weg. Ein kleines Museum erzählt aus der Geschichte des Leuchtturms. Übernachtungstipp: die Blue Moon Cottages in Rye (www.bluemooncottages.com.au).

Great Ocean Road: Sie ist eine der berühmtesten Traumstraßen der Welt und führt südlich von Melbourne über 253 Kilometer weit Richtung Westen. Urlauber sollten sich hier wirklich ein paar Tage Zeit lassen, um die fantastischen Ausblicke zu genießen und die kleinen Küstenorte zu erkunden. Man kann durch den Regenwald

wandern, Wasserfälle fotografieren und menschenleere Traumstrände entdecken. Direkt an der Great Ocean Road liegen auch die „Zwölf Apostel". Die bizarr geformten Felsen im tosenden Südmeer sind bestimmt das beliebteste Fotomotiv bei Victoria-Urlaubern. Gleich hinter dem Besucherzentrum findet man die Basis von „12 Apostles Helicopters". Zugegeben: ein Rundflug mit dem Hubschrauber über die Felsen ist nicht ganz billig, aber garantiert unvergesslich.
http://12apostleshelicopters.com.au

In Cape Otway in der Nähe der Great Ocean Road lädt die Great Ocean Eco-Lodge zum Besuch und mit einem kleinen Hotel auch zum Übernachten ein. Urlauber lernen hier Koalas, Kängurus, Wallabys und mehr hautnah kennen. www.greatoceanecolodge.com

Ich bedanke mich ganz herzlich bei den freundlichen Mitarbeiterinnen von Tourism Victoria, vor allem bei Margaret Ryding, die mich bei meinen Recherchen unterstützt haben.

Extra-Tipps:

Viele Fotos, Reisetipps und Geschichten zu den Schauplätzen meiner Bücher finden Sie in meinem Blog unter www.susandewinter.de

Facebook-Mitglieder sind herzlich willkommen, durch Klicken des Gefällt-mir-Buttons Fan zu werden und über neue Bücher auf dem Laufenden zu bleiben:

https://www.facebook.com/SusandeWintersSchreibblog/

Wenn Ihnen mein Buch gefallen hat, würde ich mich über eine kurze Rezension bei Amazon sehr freuen!!

Ich bedanke mich ganz herzlich und wünsche weiterhin viel Spaß beim Lesen (und beim Reisen!)

Ihre Susan de Winter

Das Geheimnis der Traumzeit

von Susan de Winter

Spannung, Abenteuer und große Gefühle in den mystischen Wäldern Australiens ....

Kunststudentin Sabrina steht am Flughafen in Melbourne und wartet vergebens auf ihren Freund Scott. Der Fotograf aus New York war für einen Auftrag in die Wildnis der australischen Grampians gereist und verschwindet spurlos. Sabrina macht sich auf die Suche und lernt den höchst charmanten Lodge-Besitzer Trevor kennen, der ihr zur Seite steht. Während Scott um sein Leben kämpft, sucht Sabrina verzweifelt nach ihm. Zusammen mit dem Aborigine Joe dringt sie tief in die geheimnisvollen Wälder der Grampians ein. Doch kann sie dem verschlossenen Fährtenleser Joe trauen?

Abenteuer, Magie und große Emotionen sind die Zutaten zum zweiten Australien-Roman von Susan de Winter. „Das Geheimnis der Traumzeit" um das Liebespaar Scott und Sabrina ist die Fortsetzung des Island-Romans „Drei Wünsche im Wind". Beide Bücher lassen sich völlig unabhängig voneinander lesen. Die realen Schauplätze des Romans werden im Anhang näher beschrieben.

Erhältlich als Taschenbuch und E-Book bei Amazon.

Hinweise, Rechtliches und Impressum

Coverfoto: Fotolia/Christin Lola

Taschenbuchausgabe Oktober 2015

Herausgegeben von:
Susan de Winter
von-Tschirsky-Weg 12
D-32602 Vlotho

Printed in Great Britain
by Amazon